# MERLIN COMBAT UN FANTÔME

## MYSTÈRES MAGIQUES DE MERLIN
### LIVRE 2

## MOLLY FITZ

MINOU MYSTÉRIEUX

Minou Mystérieux
PO Box 873543
Wasilla, AK 99687

# AU SUJET DE CE LIVRE

C'était déjà assez difficile d'être le familier de mon chat sorcier quand nous n'avions à gérer que des dangers visibles. Maintenant, il s'est empêtré dans une âpre querelle avec un fantôme récemment apparu, et je me demande…

Comment diable sommes-nous censés battre cette chose?

Je regrette la simplicité de l'époque où je n'avais à m'inquiéter que de la fin de mon mémoire et du maintien de mon emploi de barista à mi-temps. Même si je n'ai pas choisi cette vie magique, elle m'est tombée dessus sans tenir compte de mon avis. Je n'ai plus qu'à rester en vie assez longtemps pour profiter des quelques avantages.

# REMARQUE DE L'AUTRICE

Bonjour, merci d'avoir choisi ce livre ! Si vous aimez autant que moi les *cozy mysteries* qui font rire, nous allons bien nous entendre.

Pour commencer, j'aimerais vous inviter sur ma page Facebook dédiée exclusivement à mon lectorat francophone. Vous pouvez le faire ici :

**facebook.com/lapilealire**

Et vous pouvez également vous inscrire à ma newsletter pour recevoir un cadeau numérique gratuit comprenant une histoire exclusive au sujet d'Octo-Chat que je réserve à mes abonnés:

**minoumystérieux.com/abonnez**

Nous allons bien nous amuser ensemble. Tout commence en tournant la première page...

On se revoit de l'autre côté,

MOLLY

# 1

Bonjour, je m'appelle Gracie Springs. J'étais une fille assez normale jusqu'à il y a environ une semaine. Voyez-vous, mon patron a été assassiné par magie, puis une sorcière maléfique et sa complice ont essayé de me faire porter le chapeau.

Il s'avère que je descends du roi Arthur. J'ai aussi été choisie pour servir de familier à mon cher sorcier. Je l'appelais Bouboule, mais je sais maintenant qu'il préfère se faire appeler Merlin. Lui aussi descend d'une lignée célèbre : le Merlin originel est son ancêtre.

Non, pas l'imposteur humain que tout le monde pense connaître. Le véritable sorcier, qui était un chat.

À cause de notre héritage entremêlé, Merlin et moi avons un lien presque impossible à briser. Presque.

La méchante s'est échappée la dernière fois, mais nous savons tous les deux qu'elle reviendra avec un nouveau plan pour voler la magie de Merlin pour de bon.

Pendant tous ces événements, il m'a aussi fallu maintenir les apparences d'une vie normale en travaillant à mi-temps en tant que barista à la Maison du Café de Harold. Le café est en train d'être réinventé, grâce aux objectifs très ambitieux de Kelley, la fille perdue de Harold, qui lui succède.

De plus, je ne suis pas loin de terminer mon Master en sociologie. Il me suffit de finir mon mémoire, puis je pourrai trouver du travail dans mon domaine au lieu de m'occuper de grains de café pour l'éternité.

Dernièrement, cependant, je suis très occupée à comprendre mon nouveau rôle de familier. Merlin et sa nouvelle petite amie aiment m'interroger à toute heure du jour et de la nuit.

Je dois être prête pour la prochaine attaque magique, et nous savons tous qu'elle viendra bientôt.

Je parie que ma grand-mère n'avait aucune idée de ce qui m'attendait quand elle m'a donné sa maison dans une petite ville de Géorgie et qu'elle a pris sa retraite dans les Keys de Floride. Elle ne savait certainement pas qu'un Maine coon magicien avait déjà mené une enquête sur elle pour en faire son familier, ni qu'il allait ensuite me choisir à sa place.

Franchement, même si ma vie était devenue un peu folle, je n'aurais pas voulu la changer. J'aime Merlin, et j'aime nos aventures ensemble, même si elles me filent les chocottes.

Je ne sais pas lancer de sorts, mais ça ne veut pas dire que je ne suis pas importante dans notre combat contre la vilaine sorcière des illusions qui nous cherche des noises.

Cette fois, quand elle nous trouvera, je serai prête à la calmer.

U n cri abominable m'éveilla d'un sommeil de mort.

*Meeeeeeeeeeeh !*

Je me redressai brusquement dans le lit et j'attrapai mon portable pour m'éclairer.

— Qui est là ? demandai-je.

Pour seule réponse, Merlin courut bruyamment sur le plancher dans le couloir.

*Meeeeeeeeh!* résonna encore le cri, et cette fois je compris que c'était Luna qui hurlait.

Et cela continua. Un cri, une course. Un cri, une course. Jusqu'à ce que je finisse par arriver dans le couloir et que je les découvre en train de fixer le coin opposé du plafond avec les oreilles aplaties contre leurs petites têtes de chat.

— Que se passe-t-il? demandai-je en sachant très bien qu'ils étaient capables d'émettre autre chose que des miaulements sauvages.

— F-f-f-fantôme, dit Merlin avant de piquer un autre sprint le long du couloir.

Je jetai un coup d'œil à l'endroit que fixait Luna sans ciller... et je ne vis absolument rien.

Malgré tout, je lui demandai :

— Que vois-tu?

En général, elle était la plus logique des deux... ou du moins, celle qui était la plus à même d'expliquer la situation.

— Je ne vois rien, chuchota-t-elle sans détourner le regard du plafond. Mais une énergie est en train de se former. Elle n'est pas encore entièrement dans notre monde. Ça arrivera bientôt, cependant.

— Tu vois donc une sorte de préfantôme? résumai-je.

— Quelque chose comme ça.

— Mais comment le sais-tu ? Tu n'es plus douée de magie.

Luna ne put retenir un sifflement.

— Je ne suis peut-être pas une sorcière, mais je suis toujours un chat. Magiciens ou pas, nous sommes tous capables de voir le domaine du surnaturel.

— Comme Nocturna ? demandai-je en faisant référence à la ville nocturne magique qui n'était accessible aux créatures magiques qu'au moment du crépuscule.

Merlin grogna et commença à donner des coups avec ses pattes arrière.

— Oh non, pas question ! criai-je en me baissant pour le soulever dans mes bras. Pas de tornades dans la maison.

Il grogna de consternation jusqu'à ce que je le repose.

— Nous devons nous en débarrasser avant qu'il prenne sa forme complète, me dit Luna pendant qu'elle se mordait la lèvre inférieure avec les canines supérieures.

— Le fait qu'il soit ici si tôt dans son voyage vers l'au-delà est très mauvais signe, révéla Merlin et quand je le regardai, il avait arrondi le dos et gonflé ses poils au volume maximal.

Je le repris dans mes bras.

— Et pas d'éclairs dans la maison !

— Mais alors, que devons-nous faire ? demanda Luna en retenant sa respiration.

— Laissez-moi préparer un peu de café, dis-je en concédant enfin ma défaite.

Il était évident que les chats n'allaient pas me laisser me recoucher tant que je n'avais pas trouvé un moyen de mettre une raclée à ce fantôme nouveau-né... il fallait au moins l'envoyer hanter un autre endroit, très, très loin d'ici.

# 2

Le café dans la main, je m'installai à la table de la cuisine. Le bois dur de la vieille chaise n'aidait pas à me mettre à l'aise, mais ça me permettait de ne pas me rendormir.

Je bus une longue gorgée de ma tasse, laissant la vapeur réchauffer mon visage, puis je regardai les deux chats assis de l'autre côté de la table.

— Un fantôme arrive donc, dis-je. Je comprends que ce n'est pas forcément une bonne chose. Savez-vous comment le faire partir ?

Luna secoua tristement la tête.

— C'est Virginia, dit-elle en parlant de son familier décédé. J'en suis certaine.

Merlin frotta la tête contre le cou de sa petite amie.

— Sa mort n'était pas de ta faute. Elle a succombé à cause de sa propre cupidité.

— J'ai quand même l'impression que c'est de ma faute, marmonna Luna.

Elle s'en voulait depuis que c'était arrivé. Quand elle avait appris que Virginia s'était rebellée à cause de sa soif de pouvoir magique, Luna n'avait pas hésité à couper le lien avec son familier, les laissant toutes deux sans pouvoir. En cherchant désespérément à saisir la magie qui s'envolait, Virginia était tombée la tête la première dans un puits.

Apparemment, elle était maintenant en train de prendre la forme d'un fantôme et elle prévoyait de hanter ma maison.

Cherchait-elle la vengeance ?

Allait-elle faire du mal aux chats ou à moi ?

Quoiqu'il arrive, ça ne pouvait pas être une bonne chose.

Et alors que je croyais justement que tout allait se calmer. *Argh.*

Mon seul espoir était maintenant que les chats aient tort au sujet du fantôme ou qu'ils aient une explication différente pour sa présence.

J'inspirai profondément avant de souffler lentement.

— Je ne sais pas grand-chose au sujet des

fantômes en dehors de ce que j'ai vu dans les vieux films. Pouvez-vous me renseigner?

Luna et Merlin échangèrent un regard assez tendu.

— Quoi? Qu'est-ce qui ne va pas? demandai-je avec un soupir.

Je ne voulais presque pas entendre ce qu'ils allaient dire ensuite, mais il fallait que je sois préparée au cas ou je me retrouve prise au milieu d'un autre combat magique.

Luna commença à parler, mais Merlin posa la patte contre sa poitrine pour l'arrêter.

— Tu es déjà assez bouleversée, ma chère. Laisse-moi gérer Gracie, proposa-t-il sur un ton magnanime.

— Je n'aime pas que tu parles de moi comme si j'étais une sorte de boulet, marmonnai-je en posant les deux mains autour de ma tasse de café afin d'en absorber la chaleur.

— Écoute, dit Merlin en s'approchant lentement de moi. Luna et moi sommes de jeunes sorciers. Ou en tout cas, elle l'était jusqu'à ce que... bref, le fait est que je suis encore un sorcier. Un jeune.

Je grognai à cause de ses explications embrouillées et hachurées. J'aurais aimé qu'il puisse me le dire directement, peu importe la gravité.

— Et le point important est...?

Merlin regarda Luna qui l'encouragea à poursuivre d'un hochement de tête. Il déglutit avant de dire :

— Eh bien, nous non plus, nous n'avons eu aucune expérience avec des fantômes jusqu'à maintenant.

Je ne comprenais pas leur inquiétude. Ils n'avaient donc aucune expérience pratique. Au pire, ce qu'ils avaient appris dans les livres pouvait faire l'affaire, et ces deux chats semblaient disposer de réserves infinies de connaissances sur le monde caché de la magie.

Quand aucun des deux ne parla, j'affichai un sourire.

— Ça ne fait rien. Vous avez appris comment gérer les fantômes à l'école des sorciers, non ?

Un grognement retentit dans la gorge de Merlin et il baissa les paupières comme s'il lui était douloureux de me regarder.

— Oh, vous, les humains. Votre vision du monde est si limitée. Ce n'est pas parce que vous avez besoin d'années d'école pour fonctionner en société que c'est le cas d'autres créatures. En fait, nous autres les sorciers nous apprenons une grande part de ce qui est nécessaire en observant simplement notre environnement quotidien.

Je lui jetai un regard noir. Je ne sortais pas du lit au milieu de la nuit pour me faire insulter par mes colocataires félins.

— Super. Et qu'est-ce que ça t'a appris sur les fantômes ?

Il toussa et détourna le regard.

— Tu n'as pas tort, avoua-t-il. Je suppose que nous ne sommes pas vraiment équipés pour gérer certaines des énigmes magiques les plus rares.

J'inspirai encore lentement et profondément.

— Que faire, dans ce cas ? Attendre que le fantôme finisse par se matérialiser avant de lui demander de partir ?

— Oh, non, se moqua Merlin. Absolument pas.

— Les fantômes sont incroyablement rares.

La voix de Luna s'élevait à peine au-dessus d'un chuchotement de son côté de la table.

— Les personnes décédées ne reviennent dans notre monde que lorsqu'elles ont un but très pressant. Un objectif qu'ils voulaient tant atteindre dans la vie que la quête s'est incrustée dans leur âme.

Je frissonnai malgré moi.

— Ça a l'air sérieux.

Merlin hocha la tête.

— Désirer quelque chose à ce point, c'est rarement bien.

— Virginia désirait le pouvoir, dit doucement Luna. La chose qui l'a tuée a pu la ramener.

— Oui, vraiment pas bien, acquiesçai-je en buvant une autre longue gorgée de mon café.

Les deux chats me fixèrent pendant que je buvais. Ils avaient tendance à me traiter comme une assistante, mais ils s'attendaient à ce que je connaisse toutes les réponses.

— Euh... pouvons-nous le capturer dans une boîte positronique? suggérai-je en haussant les épaules.

Je n'avais pas vu *SOS Fantômes* depuis longtemps, mais c'était vraiment ma seule référence dans le domaine. Et d'une certaine façon, je doutais que Virginia nous revienne sous la forme d'un personnage de dessin animé rondelet et vert aimant la pizza.

— Nous ne faisons pas de la science, dit Merlin avec un frisson exagéré. Ceci est une maison magique et tu ferais bien de t'en souvenir.

— Nous partons à Nocturna, dans ce cas? demandai-je en faisant référence à la ville magique dans laquelle nous pouvions seulement entrer à la nuit tombée et avec l'aide de Merlin.

Les deux chats hochèrent la tête.

— Nocturna.

# 3

J'avais beau regretter de ne pas avoir pu me recoucher, le café avait fait son travail : c'est-à-dire que j'étais maintenant debout pour la journée. J'avais plusieurs heures à tuer avant de partir travailler, et j'aurais aimé vous dire que je les passais à faire des recherches pour mon mémoire.

Mais bon, ce n'est pas ce que j'ai fait.

Au lieu d'être productive, je passai le temps en regardant les deux films *SOS Fantômes* des années quatre-vingt. Je ne pus pas passer à l'adaptation plus récente, mais je me promis de la regarder après mon service, après Nocturna, et toute autre surprise risquant de perturber ma journée.

Évidemment, je fus si absorbée par mon mini marathon de films que je perdis la sensation du temps et que je dus faire mon maquillage dans la voiture. Mes cernes étaient visibles par quiconque prenait la peine de me regarder pendant plus de quelques secondes.

*Stupide fantôme qui dérange mon sommeil et gâche mon apparence.*

Même si j'espérais que la visite de ce fantôme soit un événement isolé, je savais que je ne pouvais pas m'attendre à une bonne nuit de sommeil dans les jours qui venaient. C'était le problème avec le monde magique : rien n'était jamais aussi facile que l'on pouvait l'espérer. Même l'espèce de téléportation à deux clins d'œil avait plein de problèmes et pouvait tuer quelqu'un si elle n'était pas faite correctement.

Non, ce n'était pas pour moi.

J'allais continuer à prendre la voiture, ce qui était sans doute tout aussi dangereux, mais au moins plus familier, merci quand même.

Étant donné l'absence de feux rouges sur mon trajet, je ne parvins à appliquer qu'un petit peu d'eyeliner et de rouge à lèvres mat provocant avant de me garer sur le parking chez Harold. Ça allait devoir suffire.

Ma nouvelle patronne Kelley Carmine insistait pour faire venir son équipe de baristas au travail, alors même que les rénovations obligeaient le café à rester fermé aux clients... et je trouvais cela étrange.

Aujourd'hui, cela me sembla particulièrement étrange, parce que notre effectif avait doublé. Auparavant, seuls Drake, Kelley et moi assurions la majorité du temps de travail, avec feu Harold prenant en charge le peu dont nous ne pouvions pas nous charger. Quand j'arrivai au travail ce jour-là, il y avait cependant trois inconnus agglutinés autour de la toute nouvelle machine à expressos, observant Kelley qui préparait une tournée de lattes *pumpkin spice*.

C'était son truc. Même si elle avait gardé le nom original de la boutique en l'honneur de son père décédé, tout le reste subissait une transformation majeure. Le changement le plus notable était que chaque jour se voyait maintenant dédié aux cafés au lait épicés. On ne pouvait plus commander un simple latte, cappuccino ou Americano. Il y avait toujours maintenant au moins une trace de potiron dans le mélange.

C'était la partie la plus difficile de cette transition pour moi : apprendre le nouveau menu.

Je soutenais pleinement la mission de Kelley qui souhaitait proposer des latte *pumpkin spice* toute l'année, mais c'était avant que je comprenne l'étendue de son plan. Elle avait maintenant plus d'une douzaine de variantes de cette boisson classique, y compris des versions pour les fêtes qui devaient aussi être servies toute l'année.

Vous souhaitez un latte Cupidon aux épices en août ? Pas de problème. Il nous suffit de rajouter une dose de chocolat blanc et quelques vermicelles rouges à notre *pumpkin spice* classique.

*Beurk.* Rien que l'idée de cette monstruosité me retournait l'estomac.

— Bienvenue, Gracie ! cria ma nouvelle patronne avec un sourire gigantesque sur son visage de jeune femme de dix-huit ans. Maintenant, il ne manque plus que Drake, et nous pourrons commencer la journée que vous attendez tous !

Elle s'arrêta comme si elle s'attendait à ce que je crie une sorte de réponse. Je ne savais même pas qu'il y avait eu une question.

Kelley fit claquer la langue.

— Allons, Gracie. Tu le sais mieux que quiconque ! Il reste une semaine avant l'ouverture, ce qui signifie qu'il est temps de montrer les nouvelles méthodes à tout le monde — y compris à nos merveilleux nouveaux employés. ...

Elle attrapa une paire de touillettes à café et tapota le bord du comptoir pour imiter un roulement de tambour.

— Et pour cela nous allons goûter tout ce qu'il y a sur le menu ! J'espère que vous n'avez pas oublié votre appétit à la maison !

Je ne sais toujours pas comment j'ai réussi à ne pas vomir à ce moment-là. La magie de Merlin commençait peut-être à déteindre sur moi, finalement.

Même si je trouvais l'enthousiasme de Kelley admirable, son dévouement au thème était juste un peu exagéré pour moi. Malgré tout, je l'aimais bien et je voulais qu'elle réussisse. Je savais également que même si elle partait à côté de la plaque avec cette entreprise, elle allait réussir. Je m'étais arrangée pour cela en lui offrant secrètement mon grand souhait. Maintenant, j'allais devoir accomplir mon propre destin sans aide magique significative, et ça ne me gênait pas.

Ma vie était déjà assez excitante, grâce à mes nouvelles aventures avec Merlin et Luna… et notre bébé fantôme. De plus, je n'avais pas confiance en moi, craignant de gâcher le souhait sur quelque chose de trivial… ou quelque chose qui allait spectaculairement me retomber dessus.

Kelley avait donc obtenu son festival de latte *pumpkin spice*, et je gardais mon travail. Laissez-moi vous dire que plus les choses changent, plus elles continuent à rester pareilles.

# 4

Drake arriva en traînant environ dix minutes plus tard, il avait donc huit minutes de retard. Harold lui aurait arraché la tête… avant de le faire travailler au moins une heure sans le payer. Kelley se contenta d'afficher son meilleur sourire, puis elle joignit les mains et annonça que nous allions commencer par une activité pour briser la glace.

Elle monta même sur une chaise et posa les mains autour de sa bouche comme un mégaphone… ce qui n'était absolument pas nécessaire, étant donné que nous étions tous groupés dans la minuscule devanture du café.

— Je m'appelle Kelley et mon épice de *pumpkin spice* préférée est le gingembre ! cria-t-elle avant de descendre de sa chaise et de me faire signe de monter à mon tour.

Je m'avançai maladroitement, faisant de mon mieux pour ne pas être gênée en grimpant sur cette chaise.

— Moi, c'est Gracie et j'aime la cannelle ? dis-je en n'ayant jamais vraiment réfléchi à l'épice que je préférais.

Et c'est ainsi que se déroula la journée, remplie d'activités inutiles pour apprendre à se connaître et de préparations au café bien trop sucrées. À un moment, Kelley annonça que nous allions jouer à « Je n'ai jamais » dans le but créatif de briser la glace en essayant la nouvelle gamme de boissons glacées.

Quand ce fut mon tour, je me sentis assez enhardie pour dire :

— Je n'ai jamais vu de fantômes.

C'était plus ou moins vrai. Je savais qu'il y avait un préfantôme dans ma maison, mais seulement parce que mes chats me l'avaient dit.

Je fus vraiment surprise lorsque Drake but son verre de nuage de coco aux épices et potiron.

*Drake. Tiens, tiens.* Que savais-je au sujet de Drake ?

Il avait un léger problème avec l'autorité, mais il avait toujours été assez gentil avec moi. La véritable question était de savoir s'il avait bu pour être drôle ou s'il avait vraiment vu un fantôme. Et s'il en avait croisé un auparavant, il pouvait peut-être m'aider avec mon intrus problématique.

Il fallait que j'en sache plus, alors je le rattrapai sur le parking avant de rentrer chez nous après une après-midi abrutissante d'activités d'intégration.

— Hé, Drake, criai-je en courant vers lui. Folle journée, hein ?

Il haussa les épaules d'un air nonchalant et avec autant d'apathie que d'habitude.

— C'était assez ringard, mais au moins Kelley ne va pas faire des retenues sur notre salaire comme son vieux. Je suppose que c'est bien.

Je ris, ce qui poussa Drake à lever un sourcil et à me regarder d'un air suspicieux.

— Tout va bien, camarade *pumpkin spice* ? demanda-t-il avec un sourire rusé.

— Oh, oui, le rassurai-je en essayant d'ignorer mes joues rougissantes. J'ai simplement eu trop de sucre aujourd'hui, je crois.

Il hocha la tête et sortit les clés de sa poche.

— Bon, me voilà.

Il indiqua le coupé bleu brillant à côté duquel nous nous trouvions maintenant. Il avait une voiture bien plus belle que ce à quoi je m'attendais.

Sérieusement, comment payait-il cela avec un salaire de barista à mi-temps?

— Bon, ben, au revoir, dit-il quand je restai silencieuse trop longtemps.

— Drake, attends! criai-je avant qu'il puisse monter dans la voiture et m'ignorer.

Il s'installa sur son siège, mais laissa la portière grande ouverte en attendant que je lui dise ce que je voulais.

Je m'éclaircis la gorge pour gagner un peu de temps. C'était une question gênante, surtout s'il avait juste plaisanté pendant le jeu.

— Je voulais te demander...

Je n'eus pas le temps de finir, parce qu'il m'interrompit brusquement.

— Oui, bien sûr que je veux bien un rendez-vous avec toi, répondit-il avec un sourire débonnaire maintenant très évident.

J'écarquillai les yeux et je fis un pas en arrière.

— Euh, ce n'était pas... Euh...

Je devais rétablir la situation sans le vexer au point qu'il refuse de partager les détails de sa rencontre avec un fantôme. Malheureusement, cette situation était toute nouvelle pour moi, et j'avais du mal à mettre des mots dessus. Quelles étaient les règles de l'étiquette quand il s'agissait de discuter ouvertement du paranormal? Et jusqu'où pouvais-je aller sans risquer ma sécurité ou ma liberté? Merlin avait beaucoup insisté sur le fait que si je partageais son secret de sorcellerie avec des personnes non magiques, j'allais me retrouver enfermée dans une prison surnaturelle terrible pour le restant de ma vie.

Je cherchais encore un moyen de formuler ma question quand Drake reprit la parole.

— Chez toi à vingt heures? Super. À plus tard.

Et là-dessus, il claqua la portière et recula hors de sa place, me jetant un dernier regard espiègle avant de disparaître dans la circulation.

Je sautai sur place et j'agitai les bras en secouant la tête comme une folle, mais je n'étais pas certaine que Drake m'aperçut dans son rétroviseur.

Comment avais-je fait pour me mettre dans ce bazar? J'aurais simplement dû lâcher ma question. Essayer de présenter les choses avec délicatesse n'avait fait qu'empirer la situation.

Maintenant, j'avais deux problèmes sur les bras.

Et aucune idée pour résoudre l'un ou l'autre.

# 5

Je rentrai à la maison où je trouvai les deux chats étalés au soleil sur le sol de ma cuisine. Pendant qu'ils dormaient, ils agitaient la queue à cause de leurs rêves. Je détestais les déranger, surtout qu'ils avaient l'air adorables et détendus ensemble. Un jour, j'aurais peut-être une relation aussi plaisante que celle de mes chats, mais pas aujourd'hui. Et cette relation n'allait pas être avec Drake.

— Nous avons un problème, annonçai-je en sortant une chaise et en m'asseyant pour retirer mes chaussures.

— Plus gros que le fantôme ? demanda Merlin en bâillant.

— Pas plus gros, mais un problème tout de même.

— Explique-nous ça, ordonna Luna quand elle eut fini de s'étirer soigneusement les pattes avant et arrière et qu'elle vint se placer à côté de moi.

— J'ai plus ou moins accidentellement accepté, ou peut-être invité... Euh, je ne sais pas comment c'est arrivé, vraiment, mais j'ai un rendez-vous avec ce type du travail.

Que se passait-il avec mes mots ? Pourquoi avais-je tant de mal à expliquer les choses, même très simples ? Je devais avoir mal montré mon mécontentement, car les deux chats furent très enthousiastes à cette annonce.

— Un rendez-vous ? C'est fantastique.

Les yeux bleus de Luna étincelèrent de joie. Elle redressa le dos et ajouta :

— Merlin et moi nous sommes inquiétés pour ta vie sentimentale, dernièrement.

— Sérieusement ? Ça ne fait qu'une semaine depuis que tu as emménagé ici, Luna. Comment pouvais-tu déjà t'inquiéter pour ma vie amoureuse ?

Étais-je vraiment un cas si désespéré que même mes chats avaient pitié de moi ? Les chats étaient connus pour ne se soucier de rien d'autre qu'eux-mêmes, alors pourquoi passaient-ils tant de temps à penser — et à s'inquiéter — à mon sujet ?

— Oh, une vie sans amour n'est pas une vie du

tout, expliqua Luna en soupirant. Bienvenue dans le monde des vivants, Gracie.

— Non, arrête ça, sifflai-je.

Dernièrement, j'avais adopté de plus en plus de manies félines à cause de l'influence de ces deux-là. Si ça continuait, j'allais me lécher le dos de la main et me frotter la tête. Que Dieu m'en préserve.

— Ce n'est pas un vrai rendez-vous, poursuivis-je en affichant pleinement mon mécontentement. C'est arrivé par accident et il vient ici ce soir.

— Mais nous allons à Nocturna, ce soir, me rappela Merlin en agitant les moustaches avec une irritation toute nouvelle.

— Je sais ! criai-je.

Pourquoi était-ce si difficile à comprendre pour eux ?

— Dans ce cas, appelle-le et décale le rendez-vous, ma chère, suggéra Luna d'un air condescendant.

Je n'aimais pas qu'elle se donne des airs. Ni qu'elle me regarde ainsi, d'ailleurs.

— Je ne peux pas. Je n'ai pas son numéro.

Luna fit des efforts pour continuer à sourire, mais même moi, je voyais que ça devenait difficile.

— Alors, passe chez lui vite fait.

— Je ne sais pas où il vit.

— Mais alors, comment sait-il où tu vis, ma chère ? demanda-t-elle avec un soupir.

— C'est une bonne question.

— Tu n'as pas l'air très enthousiasmée par ce rendez-vous, fit-elle remarquer en fronçant les sourcils. Comment est-ce arrivé ?

Je les mis au courant de toutes les activités pour briser la glace et de l'aveu de Drake pendant le jeu « je n'ai jamais ».

— Quel jeu étrange. Pourquoi les humains voudraient-ils se vanter de choses qu'ils n'ont pas faites ? Nous autres, les chats, nous aimons raconter ce que nous avons accompli, pas ce que nous n'avons pas fait, râla Merlin.

— Le jeu n'est pas important, aboyai-je. L'important, c'est que Drake a vu un fantôme. Et quand j'ai essayé de l'interroger sur ce sujet, ça s'est transformé en cette histoire de rendez-vous.

— Eh bien, un rendez-vous est une occasion parfaite de l'interroger sur son fantôme, ma chère.

Ah, Luna. Toujours optimiste. Ça commençait à me peser.

— Sauf que nous sommes censés nous rendre à Nocturna ce soir, leur rappelai-je.

— Tu n'es pas obligée de nous suivre partout,

grommela Merlin. Si tu veux nous abandonner pour ton rendez-vous, nous y survivrons.

Je commençais à avoir un mal de tête à cause de la tension. Je le sentais monter par mon cou jusque dans mon cerveau. Était-ce mal d'arroser mes chats pour les discipliner, en sachant qu'ils savaient parler et qu'au moins un d'entre eux était capable de riposter en faisant apparaître des éclairs ?

Je fis de mon mieux pour ne pas hurler.

— Ce n'est pas…

Luna me tapota la main avec sa patte.

— Tout va bien, ma chère. Merlin et moi allons profiter d'être ensemble. De toute façon, nous ne voudrions pas être de trop pendant ton rendez-vous.

— Ça n'est pas… *ARGH !*

Cette fois, je jetai les mains en l'air de frustration, puis je les laissai retomber sur la table.

— Tu es tellement susceptible, lâcha Merlin avec mépris. Mais ne vous inquiétez pas, votre majesté. Nous ferons tout le travail nécessaire pour la sécurité de la maison pendant que vous vous amusez avec votre gentleman.

— Vous savez quoi ? Très bien. Allez à Nocturna. Amusez-vous sans moi pendant que je reste et que je participe à un rendez-vous que je ne veux pas et que je n'ai pas demandé.

— Merveilleux, roucoula Luna. Nous sommes tous d'accord, alors ?

Je laissai tomber ma tête dans mes mains et j'essayai de me concentrer sur ma respiration.

— Les humains deviennent bien plus lentement matures que les chats, entendis-je Merlin chuchoter à Luna. Nous aurions peut-être été plus avancés avec la vieille dame.

— Est-il trop tard pour changer ? demanda la chatte à voix haute.

— Tu sais mieux que les autres qu'une fois que le lien avec le familier est installé, il ne peut pas être rompu sans…

Luna inspira brusquement.

— Oui, je sais.

— Nous sommes donc coincés avec elle, ajouta-t-il sombrement.

— Je vous entends toujours ! criai-je avant de sortir à grands pas en claquant la porte.

*Bon.* Ils avaient peut-être raison au sujet de mon niveau de maturité, finalement.

# 6

Le soleil devait se coucher environ quinze minutes avant vingt heures ce soir-là, ce qui signifiait que si Drake avait seulement quelques minutes d'avance, il risquait de voir la magie de mon chat dans le jardin devant ma maison.

— Nous devrions envisager de déplacer ton chaudron à l'arrière, suggérai-je pendant que Merlin et Luna préparaient les derniers détails pour leur voyage à Nocturna.

J'aurais donné n'importe quoi pour les accompagner au lieu de devoir rester là et occuper Drake pendant ce qui allait sûrement être un rendez-vous très embarrassant.

— Es-tu sérieuse ? siffla Merlin avec un regard

dur. Si nous déplaçons le chaudron, nous pouvons l'endommager. Si nous l'endommageons, notre lien avec le monde magique serait perdu pour de bon.

— D'accord, d'accord, pardon, marmonnai-je en donnant un coup de pied dans une touffe d'herbe particulièrement longue près de l'allée.

Même si j'adorais être propriétaire, je n'avais pas encore tout à fait attrapé le coup de main avec la tondeuse. Chaque fois que je la démarrais, l'odeur d'herbe fraîchement coupée aggravait mes allergies et me faisait éternuer violemment. Mais comme l'herbe devait être coupée d'une façon ou d'une autre, je finissais par faire des allers-retours avec la tondeuse aussi vite que possible, sans prendre la peine de tout couper de la même manière. Je me disais qu'il valait mieux que ce soit coupé de façon inégale que pas coupé du tout. Comme je n'avais pas l'argent pour embaucher quelqu'un, mes voisins devaient simplement supporter mon gazon inégal.

— La prochaine fois, tu pourrais prévoir ton rendez-vous romantique ailleurs, suggéra Luna en ronronnant.

Elle commença à se frotter contre ma jambe, mais je bondis hors de sa portée. Je n'étais toujours pas satisfaite de la façon dont elle me traitait par rapport à ce rendez-vous accidentel… et à ma vie amoureuse en général.

— Ce n'est pas un rendez-vous romantique. Ce n'est rien de romantique du tout, rectifiai-je en serrant les dents. Rappelez-vous qu'il s'est invité lui-même.

Merlin chuchota quelque chose à Luna, juste assez doucement pour que je ne puisse pas distinguer les mots. Quand il eut terminé, ils se tournèrent tous les deux vers moi et se mirent à rire.

— Dépêchez-vous d'aller à Nocturna, fulminai-je en donnant un autre coup de pied dans l'herbe mal coupée. Et restez-y, je m'en moque.

Les chats continuèrent à rire en sautant dans le bassin aux oiseaux, en éclaboussant autour d'eux et en disparaissant dans un tourbillon vert brillant. Je ne pensais pas m'habituer un jour aux étranges modes de déplacement de Merlin, que ce soit en transformant son chaudron-fontaine à oiseaux en portail ou en clignant des paupières deux fois pour se téléporter par magie.

Chaque fois que ma nouvelle vie de familier commençait à me sembler un peu logique, il arrivait quelque chose de si hallucinant que je ne pensais pas pouvoir me réconcilier avec mon point de vue antérieur sur le monde.

C'était sans doute vrai pour la plupart des choses, ces temps-ci. Tout vacillait entre un côté ennuyeux et sûr et un autre fascinant, mais stressant. Je pouvais presque garantir que ma vie avec Merlin allait toujours tomber dans la deuxième catégorie.

Maintenant que Luna et lui étaient partis, j'avais un peu de temps pour jouer avec mon maquillage, tant que Drake arrivait exactement à temps ou même avec un peu de retard. Étant donné son attitude au travail, je prévoyais qu'il arrive en retard, ce qui signifiait que j'avais de quoi travailler mon apparence.

Je n'avais pas osé attraper le moindre pinceau ou crayon de maquillage pendant que les chats étaient en train de me taquiner. Malgré tout, que ce rendez-vous soit voulu ou pas, je souhaitais être jolie. Et en réalité, n'importe quelle excuse me convenait pour forcer un peu sur le maquillage.

Je n'avais pas de véritable rendez-vous dans un futur proche, alors autant utiliser ce faux rendez-vous pour tester la palette d'ombres à paupières couleur sirène que j'avais achetée sur une boutique en ligne populaire.

Je travaillai vite pour appliquer la gamme de couleurs vives, mais apparemment pas assez vite, parce que la sonnette retentit environ à la moitié de mon maquillage.

— J'arrive, criai-je en tournant légèrement la tête d'un côté et de l'autre.

Si seulement j'avais encore cinq minutes. *Grrr.*

*Exactement à l'heure,* remarquai-je en jetant un rapide coup d'œil au micro-ondes quand je passai par la cuisine. Pas du tout le genre de Drake.

Je le découvris attendant patiemment sur le seuil de ma porte, avec une chemise noire, une cravate et une veste de costume au-dessus d'un jean et de tennis ordinaires et usés.

— Salut, Drake, dis-je pendant que mon regard se posait sur l'unique fleur qu'il tenait dans la main.

Elle était d'un rouge profond avec des pétales pointus et je ne la reconnaissais pas du tout.

— Pour toi, dit-il avec un petit sourire que je trouvai presque charmant.

— Merci, dis-je en acceptant le cadeau. Elle est très jolie.

— C'est un « black narcissus », un dahlia cactus, expliqua-t-il avec son air satisfait habituel.

— Je ne connais pas grand-chose aux fleurs, avouai-je en fronçant légèrement les sourcils. Les cactus n'ont pas besoin d'eau, n'est-ce pas ?

— La fleur a déjà été coupée, précisa-t-il en gloussant et en enfonçant les deux mains dans ses poches.

Elle va mourir, quoi que tu fasses. Alors tu peux te lâcher.

— Ah bon, dis-je en ne sachant pas quoi répondre à ces instructions déconcertantes. Eh bien, merci encore. Tu devrais entrer.

Je me précipitai vers la cuisine pour trouver de quoi contenir ma fleur. J'étais certaine que grand-mère Grace devait avoir laissé un vase ou deux quelque part. À la fin, j'abandonnai mes recherches et je la plaçai simplement dans une cruche vide que j'avais utilisée une fois ou deux pour préparer de la limonade.

Drake méritait des points pour m'avoir apporté une fleur, c'était sûr. Mais comme ce n'était pas un véritable rendez-vous, les points n'avaient aucune importance.

En y réfléchissant bien, je n'avais pas eu de rendez-vous depuis que j'avais déménagé à Elderberry Heights, et ça ne m'avait pas manqué. Au début, j'avais été trop occupée à m'installer dans ma nouvelle maison et mon nouveau travail tout en faisant encore semblant d'avancer avec mon mémoire. Et maintenant, j'étais trop occupée à résoudre des meurtres, à combattre des mages fous et à rassembler des chats parlants. Si ça continuait ainsi, j'allais avoir de la chance si un véritable rendez-vous me tombait un jour dessus.

Mais Drake n'était pas obligé de savoir tout cela.

J'avais une mission ici, une seule : découvrir ce qu'il savait sur les fantômes et voir si cela m'aidait avec mon petit problème.

# 7

— Alors, est-ce une soirée Netflix ou bien… ?

Drake agita les sourcils et me fit un sourire suggestif.

Je ne pus retenir un frisson à cette idée.

— Beurk, non. Donne-moi cinq minutes et je serai prête à sortir.

— Pour aller où ? demanda-t-il en me suivant dans le couloir.

— Je ne sais pas. Où tu veux, criai-je par-dessus mon épaule avant de passer dans la salle de bains et de fermer la porte.

— C'est toi qui m'as invité, cria-t-il de l'autre côté. Je supposais que tu avais un plan.

Je me mordis la lèvre pour m'empêcher de lui dire

ses quatre vérités. Si je me lançais dans un monologue expliquant que je n'ai jamais eu l'intention de l'inviter à ce soi-disant rendez-vous, il n'allait sans doute pas vouloir révéler ce qu'il savait sur les fantômes. Pour l'instant, j'allais donc devoir jouer le jeu.

— Que dirais-tu d'une balade au clair de lune ? suggérai-je une fois que j'émergeai de la salle de bains, mon look étant enfin complet.

Au moins, j'étais de meilleure humeur.

— Jolis yeux, dit Drake en hochant la tête d'un air approbateur. J'aime ce look sur toi.

— Tu t'y connais en maquillage ? dis-je d'une petite voix.

— Pas vraiment, mais je fais en sorte de connaître peu de choses dans beaucoup de domaines. La vie est plus intéressante ainsi. Et d'accord, ça me dirait bien de marcher.

Il me sourit et me fit signe de passer devant.

Je me sentis soudain nerveuse.

Drake faisait manifestement plus attention à ce qui l'entourait que je ne l'avais cru. Cela signifiait-il que j'avais envoyé des signaux suggérant que je voulais sortir avec lui ?

Une fois dehors, Drake m'offrit le creux de son

bras et j'y passai le mien, me sentant particulièrement chic pendant que nous marchions dans le quartier.

— Alors, comment t'es-tu lancée dans le café? demanda-t-il en gardant les yeux rivés sur l'horizon lointain.

— Pour payer l'université, répondis-je automatiquement.

C'était une question à laquelle j'avais souvent répondu, particulièrement quand mes professeurs et les autres étudiants me demandaient pourquoi je m'éparpillais avec ce travail temporaire alors que je pouvais simplement terminer mon diplôme et trouver un bien meilleur travail.

— Et toi?

Il me fit un sourire espiègle.

— Je me contente d'obéir aux ordres.

— Quoi? Les ordres de qui?

Il poussa un soupir de lassitude.

— C'est une condition de mon fonds fiduciaire. Je dois garder un travail stable pour avoir le droit de récupérer l'argent. Alors, juste pour énerver mon père, je conserve le travail le plus modeste possible, faisant exactement l'opposé de ce qu'il voulait pour moi.

— Ah, tu es donc un gosse de riche? Ça explique

certaines choses, dis-je en repensant à son coupé sport rutilant.

— Ma chère, je suis un *homme* de riche et ne l'oublie pas.

Il fit un sourire charmant et je ne pus m'empêcher de rire. En tout cas, nous avions cela en commun. Les gens dans notre vie attendaient plus de notre part… ou des choses différentes. Je savais que j'allais finir par obtenir mon diplôme, mais je n'avais toujours pas la moindre idée de ce que je voulais dans la vie. En réalité, j'avais choisi la sociologie pour discipline parce que j'avais l'impression que c'était un des domaines les plus étendus. J'avais ensuite continué parce que c'était la voie obligée quand le diplôme de licence n'offrait pas un chemin de carrière évident.

Je continuais à préférer que la vie soit pleine de surprises et un travail ordinaire de neuf heures à dix-sept heures me donnait l'impression d'être à l'opposé de ce que je voulais.

— Mais tu ne t'ennuies pas? demandai-je à Drake. Tu ne travailles qu'à mi-temps et tu n'as pas d'autre ambition que de continuer à toucher l'argent de ton fonds?

Il n'était pas obligé de savoir que mes propres ambitions n'étaient pas encore définies.

— M'ennuyer? Pas du tout. Et qui dit que je n'ai

pas d'ambition ? Comme je l'ai dit, j'aimerais savoir un peu de choses dans beaucoup de domaines. Être un homme moderne de la renaissance.

— Comme pour le jardinage, suggérai-je avec un léger sourire. Ou le maquillage.

Il hocha la tête.

— Et les fantômes.

Oh, super. Il m'avait donné l'introduction dont j'avais besoin. Je sautai dessus.

— À vrai dire, je me posais des questions là-dessus.

Il pencha la tête et éclata de rire.

— Évidemment. Tu croyais que je ne l'avais pas compris quand nous étions sur le parking ?

Je m'arrêtai de marcher et je l'observai.

— Mais tu…

Il s'arrêta également à quelques pas devant moi et il se tourna pour m'examiner.

— J'ai renversé la situation à mon avantage. Ça fait longtemps que j'ai envie de t'inviter à sortir. Je me suis dit que de cette façon, tu le voudrais aussi.

Mon sourire était maintenant si grand qu'il risquait de décrocher ma mâchoire.

— C'est sournois.

Il me fit un clin d'œil.

— Ou génial.

— Je vais rester sur sournois, répondis-je en riant, puis je recommençai à marcher et je passai à nouveau le bras au creux du sien. Alors, vas-tu me parler des fantômes ?

— Du fantôme, rectifia-t-il.

Son sourire avait été remplacé par une mâchoire serrée et des sourcils froncés.

— Je n'en ai vu qu'un seul.

— Raconte-moi, le suppliai-je presque en serrant légèrement son avant-bras.

Son regard redevint plus léger.

— Eh bien, je suppose que j'ai obtenu ce que je voulais de cette soirée, c'est-à-dire plus de temps avec toi. Il est donc juste que je te donne ce que tu voulais. Et c'est parti, une histoire de fantôme pour la dame.

Il se racla la gorge avant de commencer...

# 8

— Bon, c'était une nuit sombre et orageuse...

Je grognai en jetant la tête en arrière d'un air théâtral.

— Sérieusement ?

— Si tu veux l'histoire, alors tu dois me laisser décrire la scène, rétorqua Drake dont les cheveux sombres tombèrent devant ses yeux quand il me sourit avec un seul côté de la bouche.

Je levai les yeux au ciel et je lui fis signe de poursuivre.

— Comme je le disais, c'était une nuit sombre et orageuse.

Il écarquilla les yeux et me jeta un regard noir, me défiant de protester.

Comme je restai silencieuse, il sourit avec l'autre côté de sa bouche également.

— Je venais d'avoir vingt et un ans, j'allais enfin pouvoir bénéficier de mon fonds fiduciaire, et je parcourais le pays à la recherche d'un nouvel endroit pour m'installer. Ma seule exigence ? Que ce soit aussi loin que possible de mes parents. J'étais en route pour Miami quand un orage géant a commencé à se former, alors je me suis garé au bord de la route pour attendre que ça passe. Pendant que j'étais assis là, cette femme en blanc est sortie de nulle part.

Ses yeux se perdirent dans le vague quand il s'enfonça plus loin dans son souvenir, et j'étais certaine qu'il voyait la scène se dérouler encore une fois dans son esprit.

Drake inspira profondément avant de reprendre.

— Elle portait cette robe démodée et n'avait pas de chaussures. Je la voyais à peine à travers l'épais rideau de pluie, mais c'était suffisant pour voir qu'elle était à moitié transparente.

Je retins mon souffle.

— Waouh, tu as vraiment vu un fantôme.

— Pourquoi aurais-je menti ? demanda-t-il en levant un sourcil interrogateur.

L'intensité de son regard me fit lâcher son bras et faire un petit pas sur le côté.

— Tu as raison. Je suis désolée. Continue.

Il haussa les épaules.

— Il n'y a pas grand-chose de plus à raconter. Une autre voiture est arrivée, elle a failli rouler tout droit à travers la chose, mais elle a dérapé et quitté la route à la dernière minute. Un monospace de mère au foyer s'est arrêté pour aider la personne ayant eu l'accident. La pluie a fini par s'arrêter et j'ai continué vers Miami. Je suis resté là-bas quelques mois, mais tout le soleil a fini par me lasser. Je suis revenu en Géorgie, cherchant l'endroit où j'ai vu le fantôme. J'ai fini par abandonner mes recherches. C'est à ce moment-là que j'ai aperçu l'annonce de recrutement dans la vitrine chez Harold et que j'ai décidé de m'installer à Elderberry Heights.

— Waouh, chuchotai-je avec admiration, même si j'avais encore besoin de digérer toute son histoire. Alors, tu crois vraiment aux fantômes ?

— Vraiment, déclara-t-il sans équivoque, comme si je lui avais demandé si le ciel était bleu. Depuis, j'ai fait le tour de maisons hantées et parlé avec des médiums, mais je n'ai trouvé que des charlatans.

Je le saisis par l'épaule et j'attendis qu'il se penche pour chuchoter :

— Et si je te disais qu'il y a un fantôme qui se matérialise dans ma maison en ce moment même ?

Les yeux de Drake brillèrent de curiosité.

— Dans ce cas, je te demanderais ce que nous faisons encore ici. Puis-je le voir ? Puis-je lui parler ?

On aurait dit un gamin à Noël.

— Je ne sais pas encore s'il peut parler, mais je sais qu'il est là. Il est faible, mais il semble se renforcer.

J'étais fière de ne pas avoir mentionné les chats dans mon explication.

Je craignais qu'il pose des questions auxquelles je ne savais pas comment répondre, mais à la place, il tourna les talons et commença à marcher rapidement vers ma maison, tant il était pressé de voir ce fantôme de ses propres yeux.

— C'est mon plus grand regret, tu sais, dit-il pendant que j'essayais péniblement de le rattraper. Le fait d'être simplement resté assis dans ma voiture au lieu de sortir et d'essayer de communiquer avec cet esprit.

— Mais tu as dit qu'une voiture l'avait traversé, lui rappelai-je en croisant les bras sur ma poitrine.

Même s'il ne faisait pas du tout froid, j'avais besoin de ce petit réconfort pour contrer l'effet de la conversation.

Il hocha la tête.

— Oui, une autre voiture l'a fait partir, mais il y a

eu plusieurs minutes pendant lesquelles l'esprit flottait là. J'avais l'impression qu'elle attendait quelque chose.

Ça devenait effrayant. L'histoire avait déjà commencé de façon assez inquiétante, mais plus Drake parlait de son expérience surnaturelle, plus je m'inquiétais de la façon dont allait se dérouler la mienne.

Mon fantôme pouvait-il être chassé ? Et si j'essayais de m'en débarrasser, les chats et moi risquions-nous de rater un message important de l'au-delà ?

Si seulement je le savais…

**9**

Je reconduisis Drake jusqu'à chez moi et je l'invitai à l'intérieur pour rencontrer mon bébé fantôme. Je me sentis bien mieux en le laissant entrer, cette fois. Il savait maintenant ce qu'il en était de ce rendez-vous qui n'en était pas un, et il m'avait déjà confié son expérience avec un fantôme.

D'accord, j'espérais toujours qu'il parte avant que les chats ne reviennent de Nocturna. Je ne pensais pas pouvoir endurer encore leurs plaisanteries impitoyables.

— Eh bien? Où est-il? demanda-t-il avec enthousiasme, regardant partout dans la maison comme s'il allait pouvoir le distinguer facilement.

— Je ne sais pas encore s'il est sorti. Je crois qu'il est plus puissant la nuit, et le soleil vient juste de se coucher, expliquai-je en indiquant le coin supérieur du couloir de ma chambre.

Drake marcha tout droit vers l'endroit en levant une main avec les doigts tendus.

— Que fais-tu ? ricanai-je, résistant à l'envie de me frapper le front. Essaies-tu de lui taper dans la main ?

Il se retourna vers moi et fit une grimace, pas gêné comme je m'y étais attendue, mais plutôt joueur.

— Je vérifie s'il y a une anomalie temporelle.

Ravie, je lui demandai :

— Et alors ? Est-ce le cas ?

— Eh bien, je viens de me rendre compte que je ne sais pas du tout l'effet que peut faire une anomalie temporelle. Oui, j'ai déjà vu un fantôme, mais c'était plus de la chance qu'autre chose.

Il pencha la tête sur le côté.

— Comment sais-tu qu'il était là ?

Mon cœur battait fort dans ma poitrine. Je détestais mentir, mais lui dire la vérité au sujet de Merlin allait me faire enfermer dans une prison magique mal famée pendant le reste de ma vie. Ce simple fait rendait le mensonge essentiel, mais ça ne m'aidait pas à être plus douée.

— Oh, c'est, euh, mon intuition, répondis-je en

contournant la question. Parfois j'entends des choses que les autres n'entendent pas.

C'était vrai, même si c'était seulement parce que les chats choisissaient de me parler au lieu de s'adresser à la plupart des autres humains.

Il écarquilla les yeux et sembla me voir sous un nouveau jour.

— Waouh. Tu l'as vraiment entendu, alors? Il t'a parlé, avec des mots?

Je secouai vite la tête.

— Non, pas des mots. C'est plus un bruit de, euh, de vagues qui se brisent doucement sur la plage.

— Comment se brise-t-on doucement? demanda-t-il en gloussant.

Je ne savais pas si c'était une question rhétorique, alors je hasardai une réponse.

— C'est difficile à expliquer. C'est comme *chhspspspspchh.*

— On dirait le bruit que font certaines personnes pour appeler leur chat, fit-il remarquer en riant doucement.

Je souris d'un air gêné.

— Ha, ha, oui, un peu. Quoi qu'il en soit, je panique peut-être pour rien. Je veux dire, ça a l'air assez fou, n'est-ce pas?

Drake revint vers moi depuis l'autre bout du couloir.

— Fou, c'est ce que disent les gens quand ils ne comprennent pas tout à fait quelque chose. Pour ce que ça vaut, je te crois au sujet de ton fantôme et je pense que c'est très cool.

— Merci, dis-je avec un soupir de soulagement.

Drake leva la main pour toucher mon avant-bras.

— Tu es aussi très cool, Gracie. Il y a quelque chose de différent chez toi. Surtout dernièrement. Et, eh bien, j'aime beaucoup.

Je déglutis.

— M-merci.

Ses yeux s'adoucirent quand il fit remonter sa main le long de mon bras.

— Écoute, murmura-t-il. Je sais que je t'ai coincée pour ce rendez-vous et que tu étais trop gentille pour refuser. Mais tu peux dire non maintenant, d'accord ?

Je hochai la tête quand sa main finit par atteindre mon épaule.

Il fit un autre pas en avant.

— Puis-je t'embrasser ?

Oh, waouh. Ça sortait vraiment de nulle part.

— Non ! dis-je, peut-être avec un peu trop d'emphase.

Drake laissa immédiatement tomber sa main et fit

un pas en arrière. Il affichait un sourire, mais celui-ci était forcé.

— Je suis désolée, murmurai-je. C'est juste qu'il se passe beaucoup de choses dans ma vie en ce moment, et…

Drake leva la main.

— Ce n'est pas un problème. Je comprends. Il me semblait bien que je ne t'intéressais pas, mais je voulais en être sûr. Je vais te laisser pour ta soirée. Si tu as besoin de plus d'aide avec ton fantôme ou si tu veux simplement traîner avec moi, prendre un café avec une pâtisserie, par exemple, tu sais où me trouver.

Il passa devant moi et marcha tout droit vers la porte.

— Drake, je suis désolée ! criai-je avant de me précipiter vers lui. Je t'aime bien, et j'ai aimé passer la soirée avec toi. Mais c'est juste que je ne te connais pas encore très bien. Et puis je suis trop occupée pour faire de la place pour une relation. C'est cent pour cent vrai.

Il pencha légèrement la tête sur le côté.

— Tu n'es pas obligée de me l'expliquer. Je suis un goût que l'on acquiert avec le temps.

— Hé, je l'aurais peut-être quand nous aurons passé plus de temps ensemble, lâchai-je stupidement.

Je n'avais pas de sentiments pour Drake et je ne pensais pas en avoir un jour.

Il s'arrêta avec la main sur la poignée de la porte.

— Alors, tu penses avoir envie d'une gâterie plus tard ?

Je restai bouche bée. J'essayai de répondre, mais seul un grognement de dégoût sortit de ma bouche.

Drake se tourna brusquement vers moi.

— Une gâterie à manger ! C'est tout ce que je voulais dire ! Une gourmandise. Pas... l'autre chose.

Je hochai la tête en silence, les yeux encore écarquillés de surprise.

— Bon, je vais aller me jeter d'un pont maintenant, dit-il en ouvrant la porte pour sortir.

Pendant un instant, j'hésitai à le suivre, mais à ce moment-là...

# 10

—Hors de mon chemin, hors de mon chemin! miaula Merlin lorsque Luna et lui jaillirent du bassin aux oiseaux dans une cascade d'étincelles vertes.

— Chut, quelqu'un va vous voir! criai-je tout bas depuis le seuil de la porte.

Je jetai un coup d'œil vers la route et je fus soulagée de voir que Drake s'était enfui avant le spectacle dans mon jardin.

— C'était moins une, marmonna Merlin quand Luna et lui passèrent devant moi pour entrer dans la maison.

Je fermai la porte et je la verrouillai. Au cas où.

— Qu'est-il arrivé? demandai-je, presque effrayée d'entendre leur réponse.

Luna s'étira pour lécher le front de Merlin, qui relâcha une partie de la tension qu'il avait ramenée à la maison avec lui.

— Merci. J'avais besoin de ça, ronronna-t-il à son amante en continuant à m'ignorer.

Luna se colla contre le flanc de Merlin. Je n'aurais pas pu les séparer, même si j'avais voulu. Et je savais qu'il valait mieux ne pas essayer.

— Nous avons croisé des chats du passé de Merlin et ils n'étaient pas vraiment ravis de le voir. Ou de nous voir ensemble, expliqua-t-elle de sa voix chantante.

— Qu'ont-ils fait ? demandai-je.

Merlin était à peine plus vieux qu'un chaton. Le fait qu'il m'adopte pour familier était l'acte qui le rendait officiellement sorcier, et c'était arrivé très récemment. Comment un si jeune chat pouvait-il avoir des ennemis jurés ?

— Ils l'ont provoqué en duel, et il a — elle regarda Merlin en plissant les yeux — stupidement accepté.

— Hé, tu aurais pu mourir ce soir ? lâchai-je, aussi surprise qu'angoissée. Mais à quoi pensais-tu ?

— Il ne pensait pas du tout, répondit Luna avec un soupir. Mais tu dois aussi te rappeler que nous autres les chats, nous agissons différemment des humains.

— Des duels avec des pistolets, hein? Comme dans Hamilton?

J'imaginais Merlin en costume d'époque et tournant autour d'un autre chat en vêtements coloniaux pendant qu'ils rappaient leurs griefs. Ça, c'était un spectacle pour lequel j'étais prête à payer cher.

— Certainement pas, dit Luna d'un air de dégoût, comme si elle avait pu voir la scène qui s'était jouée dans ma tête.

— Alors? demandai-je plus sérieusement.

Merlin finit par prendre la parole, son pelage tressaillant au niveau des épaules.

— Ça n'aurait pas été aussi terrible. Nous autres, les chats, nous nous battons avec ce que nous avons à disposition.

Il leva une patte et sortit ses griffes.

— Nous utilisons un mélange de magie et de bonne vieille bagarre.

Luna lui donna un coup d'épaule jusqu'à ce qu'il range ses armes.

— Les chats frappent avec leurs pattes. Les chats magiques frappent avec des griffes fantômes.

Je secouai la tête, ne comprenant pas l'étrange métaphore.

— Nous attaquons la magie à l'intérieur de notre

adversaire, expliqua-t-il avant d'aplatir les oreilles sur sa tête, de lever une patte et de frapper l'air.

— Comme ça. Nous ne visons pas les blessures au visage ou à l'ego. Nous attaquons la magie de l'autre jusqu'à ce qu'un de nous n'en a plus assez pour continuer le duel.

— Vous vous tuez?

Cette idée me semblait si barbare. Mais s'il arrivait que les humains s'entretuent, pourquoi pas d'autres espèces aussi? J'aurais aimé le contraire, bien sûr.

Merlin frissonna.

— Non, c'est bien pire. Le perdant continue à vivre sans magie. Un sort pire que…

— Ah-ah-hum!

Je m'éclaircis bruyamment la gorge pour l'interrompre.

— Qu'est-ce qui t'arrive? demanda Merlin avant de jeter un coup d'œil vers Luna à côté de lui et de baisser la tête à regret. Oh, c'est vrai. Pardon.

— Je sais que tu ne l'as pas fait exprès, dit-elle doucement, toujours visiblement blessée par ses paroles. Tout comme je sais que tu ne voudrais pas risquer de perdre ta magie alors qu'une menace imminente pèse sur notre maison.

— Pourquoi ces autres chats voulaient-ils se battre contre toi ? Tu n'as sûrement rien fait de *si* terrible ?

Il était parfois sarcastique et rébarbatif, mais en général, Merlin était un bon chat. Il ne semblait pas du genre à avoir des ennemis… Enfin, en dehors de cette histoire avec Luna. Bon, vous savez quoi ? Peu importe. Il était évident qu'il s'était créé une bonne quantité d'ennemis dans sa courte vie. C'était peut-être courant avec la magie. Ce monde était encore nouveau pour moi et j'apprenais toujours ses particularités.

Merlin grogna.

— Eh bien, avant que Luna soit ma copine, elle était avec Cal.

— Cal, répétai-je. Le chat Cal ?

— Oui, et quand il a vu qu'elle n'avait pas de magie, il a estimé que c'était de ma faute. Cal était si fâché qu'il m'a défié, cherchant maladroitement à la venger.

— C'est assez mignon, en réalité, dis-je avec un sourire mièvre.

Luna secoua catégoriquement la tête.

— Je n'ai pas besoin d'être vengée par Merlin, Cal, ou qui que ce soit. Je fais mes propres choix et je mène mes propres combats, avec ou sans magie. Bien sûr, Merlin a accepté le duel avant que j'aie l'occasion de le lui dire.

Merlin hocha sombrement la tête.

— Et quand Luna a montré son mécontentement, il ne nous restait plus qu'à courir et espérer passer le portail avant que Cal et ses sbires nous rattrapent.

— S'il vous plaît, dites-moi qu'avant cette débandade, vous avez obtenu ce dont nous avions besoin concernant le fantôme, marmonnai-je, contrariée.

— Bien sûr, répondit Luna avec un grand sourire qui s'estompa vite. Même s'il vaudrait sans doute mieux que Merlin ne se montre pas à Nocturna pendant un moment.

— Mais sans Merlin, nous ne pouvons pas nous y rendre non plus.

— Je sais, dit-elle en agitant la queue. Considère donc que Nocturna ne fait plus partie de notre liste de ressources pour le moment.

*Super.* Notre lien direct avec le monde magique avait été temporairement coupé pendant que nous luttions pour gérer un problème magique très réel et très immédiat.

Ça allait tellement faciliter les choses…

# 11

— Mais tu as dit que vous aviez obtenu ce dont nous avions besoin, fis-je remarquer en espérant que ce soit vrai.

Sans accès aux autres créatures magiques de Nocturna, nous étions bel et bien seuls pour gérer notre fantôme indésirable.

— Détends-toi, tu veux? cracha Merlin en me fixant avec ses grands yeux verts. Ne te souviens-tu pas de la règle numéro un?

Oui, je me souvenais que j'étais censée croire tout ce qu'il disait sans le remettre en question. Une règle affreuse, mais sur laquelle il insistait.

Je pinçai les lèvres et j'attendis qu'il en dise plus.

Quand il fut satisfait par mon obéissance silencieuse, il poursuivit son explication.

— Nous sommes allés à la bibliothèque et nous avons trouvé un sort que nous pouvons utiliser pour piéger le fantôme.

Ma mâchoire tomba.

— Nocturna a une bibliothèque? criai-je avec joie.

Oh, j'avais terriblement envie de m'y rendre, maintenant.

— Oui. Et alors?

Il agita violemment la queue comme un de ces bonhommes gonflables géants qui ondulent devant les concessionnaires auto.

— Rien. C'est juste que j'aime les livres et...

— Pouvons-nous nous concentrer sur ce qui est important? aboya Merlin, visiblement encore perturbé par le duel qu'il avait presque défendu avec son rival Chat Cal.

Luna me fixa avec gentillesse.

— La bibliothèque est merveilleuse, mais elle est faite pour les chats. J'ai bien peur que tu ne passes pas par la porte, ma chère.

Bon, encore un rêve qui s'effondrait. Je n'avais même pas eu le temps de m'imaginer parmi des piles de vieux livres magiques. *Soupir.*

Merlin s'allongea avec les pattes sous lui, passant le relais à Luna.

Elle se leva et s'étira, gardant la queue bien droite.

— Nous avons trouvé le sort nécessaire, et je devrais avoir tous les ingrédients dans mon jardin. Comme je ne suis plus magique, je ne pourrai pas mélanger la potion moi-même, mais j'ai toujours les connaissances. Je peux guider Merlin dans sa création. Ou même toi.

Oh, c'était vrai. En tant que familier de Merlin, j'étais aussi un réceptacle de sa magie. Un peu comme un chargeur de batterie portable. Je ne pouvais pas lancer de sorts moi-même, mais j'avais toujours une source disponible pour mon grand patron félin.

— Il y a un problème, songeai-je à voix haute. Ton jardin se trouve à l'ancienne maison de Virginia. Nous n'y avons pas accès.

Elle eut un sourire diabolique.

— C'est à l'extérieur. Il nous suffit de nous y rendre et de prendre ce dont nous avons besoin.

Je fis la grimace.

— Mais n'est-ce pas du vol ?

Merlin éclata de rire.

— Après tout ce que nous avons traversé, tu t'inquiètes de voler ? De plus, ce jardin est à Luna. C'est elle qui l'a planté, qui en a pris soin. Comment pourrait-il appartenir à quelqu'un d'autre ?

— N'y pense pas trop. Tu risques juste d'avoir mal à la tête, suggéra Luna.

Elle se colla ensuite contre Merlin.

— Allez, viens. Nous devons récupérer ces ingrédients si nous voulons nous débarrasser de notre fantôme.

Je soupirai. Elle avait raison, bien sûr. Mais ça ne me rassurait pas de nous balader sur une propriété qui ne nous appartenait pas. Il suffisait de voir tous les problèmes ainsi engendrés auparavant !

Malgré tout, une fois que les chats avaient décidé quelque chose, il était impossible de les convaincre du contraire.

Je posai une main sur le dos du sorcier Maine coon en me résignant à ce qui allait suivre.

Il suffit que Merlin cligne deux fois des paupières, et nous fûmes tous les trois transportés dans le jardin.

Enfin, à vrai dire, on finit à l'extrémité du jardin, près d'un gros arbre que je ne connaissais que trop bien. Je frissonnai en me souvenant des autres fois que j'étais venue ici. Aucune n'avait été agréable.

Tout d'abord Merlin et moi étions entrés en douce, et nous avions été menacés par notre ennemie d'alors : Luna. Elle m'avait aussi kidnappée et utilisée pour préparer un philtre d'amour, même si je ne l'avais pas su à l'époque. Mais le pire des souvenirs était l'affrontement que nous avions eu avec Virginia et la maléfique sorcière des illusions qui l'avait manipulée. L'arbre à côté duquel nous nous trouvions maintenant avait été animé et il s'était battu lui aussi.

*Glauque, glauque, super glauque.*

Était-ce étonnant que j'hésite à revenir maintenant au milieu de la nuit ?

Une lueur rouge attira mon regard. Je me retournai vite, m'attendant presque à voir une sorcière folle courir vers moi. Mais ce n'était qu'un panneau À VENDRE qui s'agitait dans la brise.

Luna s'approcha de moi.

— Virginia n'avait pas de famille. Pas de proches. C'est une des raisons pour lesquelles je l'ai choisie. Il est bien plus facile de choisir pour familier une personne sans attachements familiaux.

— Est-ce pour cela que tu m'as choisie ? demandai-je à Merlin en me demandant si je devais être vexée.

Les chats sorciers choisissaient-ils les gens dont la société humaine ne voulait pas ? Cela signifiait-il que mes chats pensaient que j'étais une ratée qui ne manquerait à personne ?

— C'est pour cette raison que j'ai choisi ta grand-mère, expliqua Merlin sans me regarder. Je t'ai choisie par défaut quand elle est partie.

Je soufflai.

— Merci de me le rappeler.

— Hé, je suis content de mon choix, peu importe comment il a eu lieu.

Au moins, cela me fit sourire.

— Bon, nous sommes ici pour les ingrédients, n'est-ce pas ? Récupérons le nécessaire et partons. Que quelqu'un vive ici ou pas, je n'aime pas trop fouiner dans les parages.

— Ton sens de la morale est sérieusement discutable parfois, répliqua Merlin en levant la tête et en humant l'air. Mais qu'il en soit ainsi.

# 12

Luna ouvrit la voie vers le jardin derrière la maison. J'avais des difficultés à voir dans l'obscurité de la nuit, mais les chats n'hésitèrent pas, cueillant différentes herbes et fleurs qu'ils déposèrent en tas devant mes pieds immobiles.

— Avez-vous presque fini? demandai-je au bout de quelques minutes.

C'est alors qu'une lampe illumina le jardin, m'aveuglant de sa lumière soudaine.

— Bonjour! cria quelqu'un sur le côté de la maison pendant que des pas se précipitaient dans notre direction. Qui est là?

Je me figeai sur place en espérant que Merlin nous transporte loin de là, avant que l'autre personne nous rejoigne derrière la maison.

Mais ça n'arriva pas. Franchement, je ne crois pas qu'il ait essayé.

— Gracie ? cria l'autre personne. Que fais-tu là ?

Mes yeux commencèrent enfin à s'habituer à la lumière. Je scrutai la nouvelle arrivante et je la vis lentement prendre la forme familière de mon amie et patronne, Kelley Carmine.

— Salut, dis-je d'un air gêné.

— Que fais-tu là ? demanda-t-elle en s'avançant sans hésiter, maintenant que nous nous étions identifiées.

— Oh, tu sais…

Je ris pour cacher ma nervosité.

— Je promène mes chats au clair de lune.

Elle pencha la tête sur le côté.

— Dans mon jardin ?

Je fis un pas en arrière.

— Ton jardin ? Je pensais que cet endroit était à vendre. Je suis désolée, je n'avais pas compris…

— Oh, si c'est toi, ça va.

Kelley agita la main pour chasser ma gêne et elle fit une grimace.

— Elle n'est pas encore officiellement à moi. Mon offre a été acceptée aujourd'hui, ce qui signifie qu'elle le sera bientôt.

— Kelley, félicitations ! C'est incroyable !

J'eus un sourire soulagé. Je n'aimais pas fouiner dans le jardin de mon amie sans y être invitée, mais c'était bien mieux que chez un inconnu.

Elle rougit légèrement.

— Oui, maintenant que je possède le café ici, j'essaie de m'installer. C'était trop bizarre de vivre dans la vieille maison de mon père, alors j'ai fait des recherches et j'ai trouvé cette jolie maisonnette. Je suis juste venue prendre quelques mesures afin de prévoir l'aménagement.

— Eh bien, tu as choisi une jolie maison. Et le jardin est très beau.

Nous regardâmes toutes deux les rangées d'herbes et de fleurs qui remplissaient presque la moitié du jardin.

Kelley secoua la tête.

— Tu crois ça? Je ne connais même pas la moitié de ces plantes. À vrai dire, j'envisageais de tout arracher et de les remplacer par des tulipes. C'est ma fleur préférée, et il paraît qu'elles sont bien plus faciles que d'autres.

Luna poussa un petit cri et tomba sur le côté.

— Euh, ton chat va bien?

— Oh, oui. Luna va bien. Ils vont bien tous les deux. Pardon d'être venue à l'improviste comme ça.

Les chats choisissent un peu leur chemin, et je les suis.

C'était la meilleure feinte que j'avais trouvée jusque-là, parce qu'elle était entièrement vraie… mais pas dans le contexte actuel.

— Ce n'est pas grave. Comme je l'ai dit, ce n'est pas encore chez moi. Mais quand ça le sera, tu seras toujours bienvenue avec tes chats.

Kelley me prit alors par la main et m'entraîna derrière elle.

— Comme tu es là, tu ferais aussi bien de rentrer et de la visiter. Tu arrives à croire ça, Gracie ? Je viens d'acheter toute une maison ! Je suppose que je suis sur le point de le faire, mais quand même ! Une maison !

Je ris pendant que nous avancions ensemble vers la porte d'entrée. Même si c'était étrange que Kelley ait acheté précisément cette maison, je n'étais pas du tout surprise qu'elle soit bientôt propriétaire. Son père aurait été si fier.

Moi, cependant, je ne pouvais pas lui faire savoir que j'avais déjà été à l'intérieur, car je devais alors trouver des mensonges pour expliquer la situation.

Kelley trifouilla le boîtier à clés de l'agence immobilière et en sortit une clé.

— Il faudra utiliser ton imagination, d'accord ?

L'ancienne propriétaire avait des goûts horribles, mais mon agent m'assure que tout sera vidé bien avant que j'emménage.

Je souris et je hochai la tête pendant qu'elle plaçait la clé dans la serrure au-dessus de la poignée de porte.

— C'est très fleuri, m'exclamai-je dès qu'elle alluma les lampes.

Évidemment, les motifs floraux dominaient... cette maison avait été habitée par une sorcière des jardins et son familier.

— C'est assez triste, n'est-ce pas? Je ne sais pas comment l'ancienne propriétaire est décédée, mais je sais qu'elle n'avait personne à qui léguer cette maison ou ses affaires. Quand je pense à elle, j'imagine cette pauvre vieille dame enfermée dans cette maison comme une capsule temporelle, avec seulement un chat ou deux pour lui tenir compagnie.

Elle me regarda et se mordit la lèvre.

— Sans vouloir te vexer.

Waouh, elle n'imaginait pas comme elle avait tort au sujet de Virginia.

— Sans vouloir me vexer au sujet des chats? demandai-je avec un sourire enjoué.

— Au sujet de ta maison. Je ne voulais pas sous-entendre que ce qui est rétro ne peut pas être cool. C'est juste...

Elle montra la pièce d'un geste de la main.

— Il y a tellement de fleurs, ici.

Bon, apparemment j'étais devenue le stéréotype de la vieille dame. *Fabuleux.*

— Ma maison appartenait à ma grand-mère, expliquai-je dans la cuisine. J'ai beaucoup de bons souvenirs de ce qui est arrivé dans cette maison exactement telle qu'elle est. Je n'ai pas le cœur de la changer.

Le visage de Kelley se renfrogna immédiatement.

— Oh, je suis vraiment désolée. Je ne savais pas... toutes mes condoléances.

Je gloussai.

— Grand-mère Grace n'est pas morte. Elle est simplement en Floride.

— Ah, c'est bien, je suppose.

Elle me fit un clin d'œil et me guida jusqu'à une petite salle à manger.

— Un jour, je t'inviterai avec les autres du travail pour un vrai dîner.

— Super, m'enthousiasmai-je.

— Oh, ça le sera, promit-elle, son regard se perdant presque dans le vague, comme si elle voyait déjà la scène.

De mon côté, je n'arrivais pas à passer outre Virginia et les événements horribles qui s'étaient déroulés ici.

Enfin, je savais au moins que Virginia me hantait et qu'elle allait sans doute laisser Kelley tranquille. Parce que même s'il était difficile de me protéger d'un esprit en colère, j'imaginais qu'il était bien plus difficile d'aider une amie sans révéler l'existence de la magie.

# 13

Après m'avoir montré la chambre principale, Kelley me raccompagna dans le couloir et se tourna vers moi, inquiète.

— Gracie, penses-tu que je fais trop de choses à la fois ? Avec le café et maintenant cette maison ? Je veux dire, cela fait à peine un mois que je suis en ville et, enfin, je suis dans un état vulnérable parce que j'ai rencontré mon père et que je l'ai perdu, et…

Je posai une main sur son épaule.

— Kelley, tout va bien. Ça fait beaucoup, mais tu sauras le gérer. Tu as déjà fait des progrès incroyables avec le café, et tu vas aussi faire des choses fabuleuses avec cette maison.

Elle leva la tête vers moi, les yeux brillants.

— Tu es sincère ?

— Bien sûr. Je crois en toi et je t'accompagnerai tout le long.

Apparemment, j'étais accidentellement devenue le mentor de Kelley après l'avoir aidée à vivre le deuil de son père. Mais ce n'était pas grave. Je l'appréciais vraiment et je voulais qu'elle soit heureuse. J'espérais aussi qu'elle ne découvre jamais que je l'avais soupçonnée au début d'avoir assassiné son père. Je savais maintenant qu'elle ne ferait jamais une chose aussi horrible. Elle en était incapable.

Kelley soupira et me serra dans ses bras.

— J'ai tellement de chance d'avoir une amie comme toi. Sérieusement. C'est comme s'il y avait cet étau autour de ma poitrine. Et à mesure que nous approchons de la grande réouverture, il se resserre un peu plus chaque jour. Il m'est déjà difficile de respirer maintenant. Qu'est-ce que ça sera quand le grand jour sera enfin là ? Je m'inquiète de ne pas avoir assez d'oxygène.

Je lui tapotai l'arrière de la tête comme on pouvait le faire avec un enfant bouleversé. En réalité, Kelley n'était pas beaucoup plus qu'une enfant. Elle avait beaucoup à faire pour une jeune femme de dix-huit ans. Même si j'étais toujours assez jeune moi-même, j'étais loin d'avoir autant de responsabilités sur mes épaules... enfin, si on choisit d'ignorer toute l'histoire du chat magique avec sa réserve d'ennemis apparemment infinie.

— C'est l'anxiété, lui dis-je en me souvenant de ce que ma grand-mère m'avait dit un jour. Ça a l'air terrible, mais c'est aussi une bonne chose.

Kelley s'écarta et me regarda comme si j'étais folle.

— Une bonne chose? En quoi?

— Ça veut dire que tu n'es pas indifférente. La vie est tellement meilleure quand il y a des choses et des gens qui nous importent. Et le mieux? Tu peux canaliser cette anxiété pour te motiver. C'est un moteur. Utilise cette énergie nerveuse pour te propulser vers tes objectifs, et tu y arriveras en un temps record.

— On dirait que tu parles d'expérience, dit-elle avec un sourire pincé.

Je hochai la tête.

— Eh bien, celle de ma grand-mère, en tout cas.

— C'est un bon conseil. Ta grand-mère avait-elle un avis sur l'amour?

J'écarquillai les yeux.

— L'amour!

Mon amie devint toute rouge et regarda le plancher.

— Eh bien, c'est un béguin, et je sais que je n'ai pas le temps de penser à ce genre de choses, mais chaque fois que je le vois entrer dans le café, je... oups, j'en ai trop dit.

— Kelley! m'exclamai-je en lui saisissant le bras et en la forçant à me regarder. S'il te plaît, dis-moi que ce n'est pas Drake.

Elle haussa les épaules d'un air faussement timide.

— Je sais, je sais. Il est tellement cool, du genre à ne pas se soucier de ce que les gens pensent de lui. J'aimerais avoir ce genre d'assurance.

— Pour toi, ce que les autres pensent est important, et ce n'est pas un problème. C'est parce que tu te sens concernée par eux. C'est beaucoup mieux que la froide assurance de Drake.

— Peut-être, mais il est tellement intelligent et il a toutes ces connaissances sur des sujets complètement aléatoires.

— Il sait un peu de choses dans beaucoup de domaines, dis-je en me souvenant de ce qu'il avait affirmé plus tôt dans la soirée.

— Exactement! souffla Kelley. Crois-tu que j'ai une chance avec lui?

— Eh bien, tu es plus ou moins sa patronne. Je suis à peu près sûre qu'il existe des lois contre ce genre de choses.

Elle fronça les sourcils.

— Tu as raison. À quoi pensais-je donc ? Je n'ai pas le temps d'avoir une relation maintenant, de toute façon.

— Hé. Tu auras le temps pour tout ça plus tard. Et tu vas rendre un homme très heureux, un jour. Regarde-toi, tu as une entreprise et une maison !

Je détestais la décourager, mais je savais aussi que Drake s'intéressait à quelqu'un d'autre… moi. J'aurais été prête à donner beaucoup pour que ce soit faux, surtout en sachant que Kelley aurait aimé prendre ma place en tant qu'objet de l'affection de Drake.

Elle sourit.

— Tu as raison à ce sujet aussi. Je devrais sans doute te laisser repartir avec tes chats avant qu'ils s'enfuient, hein ?

*Ah oui, les chats.*

Je la serrai vite dans mes bras.

— Merci de m'avoir fait visiter. C'est une très belle maison. Encore toutes mes félicitations, Kelley. À très vite au travail !

Je sortis et je fis vite le tour de la maison en me guidant à la lumière de mon téléphone. Je trouvai les deux chats debout près du vieux puits qui avait servi de chaudron à Luna.

Luna avait un air d'amoureuse transie et Merlin était l'image même de la colère. Venais-je de surprendre les chats en train de se faire des mamours? *Vraiment?*

— Si vous avez des chatons, ce n'est pas moi qui m'en occuperai! grognai-je dans la nuit.

— Je ne veux pas t'entendre, grogna Merlin à son tour. Ce n'est pas de notre faute si tu as mis une éternité là-dedans. Nous devions faire quelque chose pour passer le temps. Maintenant, pouvons-nous partir, votre majesté?

Je hochai bêtement la tête.

— Alors, pose ta main sur moi et je nous téléporte à la maison, ordonna le chat.

J'hésitai.

— Euh, ça va, merci.

Luna s'avança, ses yeux bleus prenant une teinte rouge à la lumière de ma torche.

— Gracie, ma chère. Je sais ce que tu penses, et ce n'est pas grave. Nous étions seulement en train de nous faire la toilette.

*La toilette, mais bien sûr.*

Je ne voulais cependant pas rester coincée dans cette situation gênante plus longtemps que nécessaire. Je posai une main sur la tête de Merlin.

Il cligna deux fois des paupières et nous voilà de retour à la maison.

# 14

—Attendez, criai-je lorsque mes pieds atterrirent sur le lino de la cuisine. Nous avons oublié les ingrédients du sort !

— On s'en est déjà occupé en t'attendant, dit Merlin en indiquant la table dont la surface était couverte de toute une gamme de plantes.

— Et ça, à quoi ça sert? demandai-je en ramassant le seul objet non organique de la table : une décoration de jardin en céramique en forme de grenouille avec une grande bouche ouverte.

Luna sourit avec mélancolie.

— C'était à Virginia. Il était posé au bord de la terrasse. Elle s'en servait pour cacher sa clé de réserve.

— Oui, elle et tous les autres habitants de l'état de Géorgie, plaisantai-je.

Sérieusement, pourquoi avoir une clé de réserve si la cachette était si évidente?

— Pourquoi l'avez-vous ramenée? Elle te manque, Luna?

La chatte normalement docile grogna.

— Dieu du ciel, non! Pourquoi penses-tu que ce monstre pourrait me manquer? Nous avons besoin de quelque chose qui appartenait à l'esprit quand il était vivant. Cela nous aidera à l'invoquer et à le piéger.

— Au lieu d'un autre fantôme? Parce qu'il y a tant de fantômes qui frappent à notre porte.

Luna secoua la tête à cause de mon insolence.

— La puissance d'un sort est bien plus forte si l'on ajoute un objet qui appartient ou qui appartenait à la cible prévue.

Oh oui. Je le savais.

— Comme quand tu as pris les poils de Merlin pour le philtre d'amour? fis-je remarquer avec un sourcil levé.

Elle toussa un peu.

— Précisément.

— Tout est donc prêt? Pouvons-nous faire la potion maintenant?

— Apporte tout ça dehors et nous pourrons commencer, me dit la chatte.

J'obéis tout de suite.

Cependant, je remis une fois de plus en question l'idée de garder le chaudron dans le jardin devant la maison. Heureusement, il était suffisamment tard pour que nous n'ayons pas à nous inquiéter de voisins curieux.

Les chats travaillèrent ensemble pour mélanger la potion pendant que je gardais les yeux rivés sur la route, juste au cas où il me fallait sonner l'alarme.

Heureusement, il leur suffit de quelques minutes pour terminer leur œuvre de sorcellerie.

— Gracie, viens tenir ça, me cria Luna quand ils eurent fini.

Dans le bassin aux oiseaux était posée la petite grenouille en céramique, sa bouche remplie d'un liquide vert sombre. On aurait dit une de ces concoctions dégoûtantes que ma mère préparait dans sa centrifugeuse et essayait de me forcer à boire le matin avant l'école.

Peu importe qu'il y ait des antioxydants, je refusais d'ingérer quelque chose qui donnait l'impression de venir du fond d'une mare… et qui avait la même odeur.

J'eus du mal à retenir un haut-le-cœur en soulevant la grenouille remplie de potion et en la portant jusqu'à la maison.

— Pose-la dans le couloir, près du coin du fond, demanda Luna. À l'endroit où nous avons senti le fantôme se former, la nuit dernière.

— Rappelez-moi ce que ça va faire, dis-je après avoir suivi ses instructions à la lettre.

— Cela aidera Virginia à se matérialiser plus vite, puis la piégera sur place afin que nous puissions nous occuper d'elle.

— Et comment avez-vous prévu de vous occuper d'elle ?

— Euh, nous verrons ça le moment venu, ajouta Merlin en s'étirant longuement et paresseusement.

— Merveilleux, marmonnai-je en versant des croquettes dans les bols des chats. Je suis ravie de savoir que nous faisons tout ce que nous pouvons pour rester en sécurité. Maintenant que vous n'avez plus besoin de moi, je vais me coucher.

Les deux chats se précipitèrent pour manger. Cependant, avant de baisser la tête vers son bol, Merlin jeta un coup d'œil au comptoir et fronça les sourcils.

— Luna, mon amour, avons-nous oublié un des ingrédients de notre potion ?

Elle arrêta de manger et leva la tête.

— Non. Tout ce qui devait être inclus l'a été.

— Alors, c'est quoi, ça? demanda-t-il en pointant le nez vers le comptoir où le dahlia cactus noir que m'avait donné Drake était toujours posé dans le pichet en verre à moitié vide.

Les deux chats regardèrent le comptoir, puis moi.

— Gracie, chantonna Luna. Ça ne vient pas de mon jardin. Est-ce à toi?

Non, non, non. J'avais espéré que nous soyons tous trop occupés et que nous passions outre le moment où les chats me taquinaient à cause de mon rendez-vous galant qui n'en était pas un. Ils s'étaient déjà bien acharnés sur moi avant que Drake arrive, et je n'avais simplement pas l'énergie de supporter leurs plaisanteries une deuxième fois.

— C'était un cadeau. Ne vous inquiétez pas pour ça, dis-je en croisant les bras.

— De la part de ton nouveau petit ami? demanda Luna, ravie, en agitant la queue d'un côté à l'autre.

— Comment s'appelait-il, déjà? demanda Merlin en levant la patte arrière pour se gratter derrière l'oreille.

— Drake, répondit promptement Luna.

— Ce n'est pas mon petit ami. Vraiment pas, dis-je en serrant les dents.

— Mais il t'a donné une fleur, précisa Luna. N'est-ce pas considéré comme un geste romantique chez les humains ?

— Oui, je lui plais. Ce n'est pas réciproque. En fait, il plaît à mon autre amie. Argh, peu importe. Pouvons-nous passer à autre chose que cette histoire d'école élémentaire, s'il vous plaît ?

— Qu'est-ce que l'école élémentaire ? demandèrent-ils tous les deux, complètement fascinés par moi, maintenant.

— C'est un endroit où se rendent les enfants humains quand ils ont six ans.

— Je n'ai qu'un an, dit Merlin en haussant les épaules.

— Moi aussi, intervint Luna.

— Je suppose donc que nous n'avons pas encore dépassé ça, annonça Merlin avec un sourire sinistre. Maintenant, dis-nous, Draky Chéri t'a-t-il embrassée jusqu'à la nuit tombée ?

— Je vais me coucher ! criai-je avant de partir à grands pas et de claquer la porte de ma chambre pour la deuxième fois de la journée.

# 15

Je me réveillai le lendemain matin lorsque des rayons de soleil transpercèrent mes persiennes. Argh. Il fallait vraiment que j'investisse dans des rideaux occultants si je voulais un jour dormir après le lever du soleil.

Après une rapide pause pipi, j'entrai en traînant les pieds dans la cuisine et je me dirigeai tout droit vers mon appareil préféré, dans lequel je plaçai une capsule de café fort.

Mon café du matin devenait particulièrement important depuis que tout chez Harold était parfumé aux épices. J'adorais les lattes spéciaux à l'automne, mais maintenant que j'avais été soumise à une overdose de *pumpkin spice* aux mains de Kelley, je croyais fermement que les boissons saisonnières étaient saisonnières pour une raison.

— Que fais-tu ? demanda Merlin en sautant sur le comptoir et en frottant la tête contre la cafetière.

Je le poussai sur le côté.

— Ne fais pas ça. Je déteste quand tu mets tes poils dans ma tasse du matin.

— Mais c'est si chaud et agréable, gémit-il.

— En parlant de chaud et agréable, je n'aime pas ce que j'ai vu dans le jardin la nuit dernière. Je pense qu'il est temps d'envisager l'opération pour Luna et toi.

Mon cerveau n'avait pas encore eu le temps de se réveiller pleinement, mais je n'arrivais pas à me sortir cette image d'eux de la tête. C'était comme si la scène dégoûtante était gravée dans ma mémoire.

Merlin rampa à nouveau vers la Keurig et il y frotta encore la joue. Cette fois, il laissa échapper un ronronnement satisfait en demandant :

— Nous opérer ? Pourquoi ? Nous ne sommes pas blessés. Enfin, Luna a perdu sa magie, mais en dehors de ça, elle va parfaitement bien.

— Il serait irresponsable de faire naître d'autres chatons alors qu'il y a tant de pauvres chats qui attendent dans des refuges.

En outre, j'avais l'impression que mes responsabilités de familier risquaient de s'étendre pour englober le travail de nounou. Ma vie était déjà assez compliquée sans avoir à veiller sur d'autres êtres vivants… particulièrement de petites choses délicates.

— Une seconde. Es-tu en train de dire… ?

Merlin fit le dos rond et poussa un sifflement terrible. Il alla même jusqu'à me griffer.

— Tu veux modifier mes parties intimes ? Je croyais que de telles histoires de barbarie humaine étaient des mythes, des histoires pour effrayer les jeunes sorciers à l'heure du coucher. Mais toi… Mon propre familier ? S'il te plaît, dis-moi que tu plaisantes !

Il défaillit et tomba sur le flanc, agitant les pattes comme s'il courait dans un rêve. Apparemment, voilà à quoi ressemblait une crise de panique chez lui.

*Oups.* Je n'arrêtais pas d'oublier les différentes façons de voir le monde pour les chats et les humains par rapport à certaines choses. Franchement, j'aurais dû m'en douter pour celle-ci.

Le café finit de passer, et je dus utiliser une cuillère pour repêcher le long poil de chat rayé qui avait atterri dans mon breuvage. Je n'aurais jamais dû commencer cette conversation sans qu'une tasse entière de caféine nage dans mes veines.

Malheureusement, comme j'avais lancé le sujet, il fallait maintenant que j'y mette fin.

— C'est une opération très peu invasive, particulièrement pour les mâles.

Merlin se releva, mais il avait toujours les poils dressés.

— Si c'est une opération tellement facile, pourquoi ne la fais-tu pas?

— Ce n'est pas exactement pareil pour les humains. De plus, je voudrai peut-être des enfants un jour.

Merlin redevint le chat d'Halloween. Oui, je ne me rendais pas très populaire auprès de lui, ce matin.

— Et tu ne crois pas que Luna et moi aimerions transmettre notre amour à la génération suivante? De plus, si tu ne l'as pas oublié, je suis le dernier descendant vivant du Merlin originel. Je ne peux pas laisser mourir avec moi une lignée magique aussi importante.

— Mais qu'en est-il des chats dans les refuges? gémis-je d'un air pathétique.

— Écoute, je vais te parler franchement, maintenant. Luna a déjà perdu sa magie. Ne lui retirons pas aussi la maternité.

Je levai un sourcil, puis je bus une prudente

gorgée de café. Et je finis quand même avec un poil de chat dans la bouche. *Dégoûtant!*

Le chat soupira.

— Encore une fois, ton sens moral me laisse perplexe. Malgré tout, si les chats des refuges sont si importants pour toi, tu trouveras un moyen de les aider. Il y a plein de place à Nocturna. À toi de les faire venir ici, je les conduirai là-bas.

— Tu le promets?

Je bus une autre gorgée de mon kawa du matin.

— Si c'est nécessaire pour la paix de la maison tout en me permettant de conserver mes parties intactes, alors je suis d'accord.

Il s'approcha du bord du comptoir avec la queue levée de façon amicale et je le tapotai doucement sur la tête.

— Merci. Puisque nous parlons ouvertement de ça, je pense néanmoins que Luna et toi devriez attendre avant de fonder une famille.

— Pourquoi? Nous sommes déjà ensemble. Les chats n'ont pas besoin d'un bout de papier pour dire ce qu'ils ont au fond du cœur.

— Peut-être bien, mais nous avons beaucoup de choses à gérer en ce moment. Avec le fantôme. Et nous savons tous les deux que Dash reviendra bientôt. J'ai l'impression que ce n'est pas le bon moment pour faire venir un enfant — ou, euh, une portée — au monde.

— Tu n'as pas tort. Maintenant, avons-nous terminé cette étrange discussion ? Parce que moi, j'en ai largement assez.

Je rougis.

— Oui, pardon.

— Tu n'as même pas posé de question sur le fantôme. Après tout le travail que nous avons fait. Tu as directement commencé à parler de mes parties intimes.

— Tu as raison. Je suis désolée. Maintenant, pouvons-nous s'il te plaît arrêter de parler de tes parties intimes ?

Il haussa les épaules.

— Si tu ne veux pas parler de quelque chose, ne lance pas le sujet.

— Pardon, pardon, pardon. Maintenant, parle-moi du fantôme, le suppliai-je presque.

Merlin fit à nouveau le dos rond, mais c'était pour s'étirer, cette fois. Ensuite il sauta sur la table et attendit que je le rejoigne.

— Eh bien… commença-t-il.

# 16

Je détestais que Merlin fasse durer le suspense de cette façon.

— Alors, quoi? Avons-nous attrapé notre fantôme? demandai-je en me rendant compte qu'il y avait autre chose d'étrange, ce matin-là. Hé, où est Luna, d'ailleurs?

Je ne voyais presque jamais les chats séparément. Chaque matin quand je me réveillais, ils étaient ensemble et profitaient de la chaleur de leur nouvel amour.

Merlin renifla l'air avant de répondre à mes questions.

— Luna est allée faire une promenade matinale. Elle a dit avoir besoin de temps pour elle. D'après ce que je sens, elle est environ à deux pâtés de maisons et elle revient vers nous maintenant.

Du temps pour elle ? Tiens. Y avait-il de l'eau dans le gaz ? Les chats étaient déjà passés d'amants à ennemis jurés puis amants à nouveau. Je commençais à croire que j'avais le Ross et la Rachel des félins sur les bras. Ils avaient intérêt à ne pas faire un break, parce que je n'étais pas prête à supporter ça !

Évidemment, je ne dis rien. Merlin et moi venions de parler de planning familial, et ça ne s'était pas très bien passé. Du tout. Il fallait que je résiste à l'envie de jouer au rôle de la psy. Ces deux-là avaient bien plus d'expérience dans les affaires de cœur que moi, de toute façon.

Quand je ne réagis pas à cette nouvelle concernant Luna, Merlin poursuivit. En me parlant du fantôme, cette fois.

— Il n'est pas venu, dit-il en bâillant d'ennui. Luna et moi avons attendu toute la nuit, et ce foutu fantôme n'a même pas eu la courtoisie de passer dire bonjour.

Je serrai les deux mains autour de ma tasse de café et je soupirai.

— C'est une bonne chose, non ? Nous ne voulons pas de ce fantôme ici.

— S'il est venu une fois, tu peux parier qu'il

reviendra. En ne venant pas cette nuit, il se contente de faire traîner les choses pour tout le monde, et ça m'irrite.

Il ponctua sa remarque en agitant la queue.

— Virginia sait peut-être que nous lui avons préparé un piège ?

Cela m'aurait fait fuir et c'était peut-être aussi ce qui l'empêchait de revenir.

— Peut-être, répondit-il d'un ton pensif. Je ne sais pas vraiment grand-chose à ce sujet. Mais à mon avis, elle ne sera pas au courant pour la potion tant qu'elle n'aura pas commencé à se matérialiser, et à ce moment-là, ce sera trop tard.

Il n'avait pas tort. Il y avait tant de choses que nous ne savions pas au sujet de notre bébé fantôme, ce qui rendait toute la situation bien plus compliquée.

La chatière claqua et Luna entra en trottinant.

— Comment s'est passée ta promenade, mon amour ? demanda Merlin avant de sauter de la table pour frotter sa tête contre elle.

C'était un remake de la scène avec la cafetière. Enfin, Luna au moins était déjà couverte de poils de chat.

— C'était agréable de prendre un peu l'air pendant que je réfléchissais à la raison pour laquelle

Virginia n'est pas venue nous rendre visite cette nuit, répondit promptement la chatte blanche.

Ah, j'avais donc eu complètement tort au sujet de l'eau dans le gaz. J'étais ravie de ne pas avoir insisté. Il fallait vraiment que j'arrête de me mêler de la relation de mes chats et que je les laisse gérer par eux-mêmes. J'avais appris la leçon.

— Tu dois arrêter de t'en vouloir, dit Merlin doucement.

Ils sautèrent tous les deux sur la table pour m'inclure à nouveau dans la conversation.

— Dis-le-lui, Gracie, supplia Luna dont les yeux bleus étaient pleins de remords. Virginia était mon familier. Je l'ai choisie. Je n'ai pas vu qu'elle avait été corrompue, tout est de ma faute.

Je tendis la main pour lui caresser le dos.

— Merlin a raison. Je ne peux vraiment pas t'en vouloir. De mauvaises choses arrivent à des gens bien — euh, des chats — parfois. C'est la vie, c'est tout.

— Eh bien, la vie est nulle, dit-elle en reniflant.

— Parfois, acquiesçai-je. Mais il y a beaucoup de choses pour lesquelles tu peux être reconnaissante. Par exemple, ce matin même, Merlin...

Je m'arrêtai net. Je recommençais à me mêler de leur relation.

— ... m'a dit la chance qu'il a de t'avoir.

Le Maine coon me fit un clin d'œil et Luna sembla se détendre quelque peu.

— Quelle conclusion as-tu tirée de ta promenade ? Pourquoi Virginia ne nous a-t-elle pas rendu visite ? l'encourageai-je quand le silence me parut pesant.

C'était le problème avec les chats qui parlent. Ils adoraient les pauses théâtrales. Ils n'avaient aucun sens de l'urgence, ce qui voulait dire que de simples conversations pouvaient s'étirer sur des heures si je ne les poussais pas à aller plus vite.

— Le fantôme n'était peut-être pas Virginia, suggéra Luna. Peut-être n'était-il pas là pour nous, mais plutôt pour la maison.

— C'est une théorie intéressante, dis-je lentement, même si j'étais à cent pour cent en désaccord avec son analyse.

— Si c'est Virginia, nous avons préparé notre potion. Dans le cas contraire, nous n'avons rien à craindre, résuma Merlin.

— Oui, je suppose que c'est vrai, dis-je en buvant une autre gorgée de café.

Il était maintenant dangereusement proche de la température ambiante, alors je le bus rapidement et je me levai pour préparer une nouvelle tasse.

— Devons-nous faire autre chose pour ce problème ? demandai-je en fouillant dans ma boîte de capsules aux goûts divers et en choisissant un bon café noir.

— Maintenant, nous attendons, dit Merlin d'un ton plein d'ennui. Soit le fantôme reviendra et nous pourrons nous en occuper alors, soit il ne reviendra pas du tout et nous n'aurons plus de problème.

Luna et moi hochâmes la tête, mais je doutais que les choses soient aussi simples que Merlin le prétendait.

Je pense qu'il le savait, lui aussi.

# 17

Plusieurs jours s'écoulèrent sans aucun nouveau signe de notre visiteuse spectrale. Même si j'avais des doutes concernant la théorie de Luna, je devais maintenant admettre qu'il était entièrement possible qu'un autre fantôme que Virginia soit passé nous voir. Cependant, au cas où, j'appelai ma grand-mère Grace pour vérifier qu'elle était en vie et que tout allait bien. Elle n'avait pas beaucoup de temps pour parler, car sa vie dans la communauté de retraités était remplie de mondanités excitantes qu'il ne fallait pas rater, mais elle me rassura en expliquant qu'elle ne s'était jamais mieux sentie et qu'elle allait bientôt venir me rendre visite.

Ainsi, pendant que les jours passaient, je me concentrai sur le travail et je parvins même à faire quelques recherches pour mon mémoire. Drake et moi bavardions plus au travail que dans le passé, mais je fis tout mon possible pour que nos interactions restent platoniques afin que Kelley ne soit pas jalouse et qu'il ne se fasse pas des idées à mon sujet.

C'était un type sympa, mais je n'avais pas le temps pour des relations humaines de proximité alors que je m'habituais encore à mon rôle de familier. Et le jour où j'allais choisir de me replonger dans le jeu de la séduction, j'avais besoin de quelqu'un avec plus de détermination et d'ambition que Drake. Je nous imaginais tous les deux vivre de ce que ma grand-mère et ses parents voulaient bien nous donner pendant que nous continuions tous les deux à travailler au café jusqu'au jour de notre mort. Ce n'était pas la vie que je voulais... ni celle que je méritais.

Au moins, Kelley avait assez d'audace pour tous les deux. Ils pouvaient former un couple fabuleux, si Drake décidait un jour d'avoir des sentiments pour elle. Quelle que soit l'issue, leur histoire allait être intéressante à observer.

De mon côté, j'étais ravie de ne pas avoir le temps d'envisager de telles choses. Avec chaque nouveau jour qui passait, je m'inquiétais moins au sujet du fantôme. Chaque nuit, je dormais mieux. Chaque jour, j'étais capable de me concentrer sur les gens et les chats dans ma vie, d'essayer de nouvelles techniques de maquillage, et simplement de me détendre et de profiter.

Ce fut divin.

J'étais au milieu d'un rêve fantastique dans lequel je gagnais du maquillage à vie de ma marque préférée et non testée sur les animaux quand...

*Miiiiiiiiaou!*

*RRAOU! CHSSSSS!*

*Miiiiiiiiaou!*

Je me redressai d'un seul coup dans mon lit pendant que les deux chats continuaient à feuler dans le couloir. Cela ne pouvait signifier qu'une seule chose : notre fantôme était revenu. Alors que je commençais tout juste à croire que la première visite avait été due au hasard.

J'enfilai le peignoir accroché derrière ma porte et je passai dans le couloir. Effectivement, les deux chats pétaient les plombs.

Bientôt au sens propre.

Merlin avait commencé à préparer ses pattes arrière comme un poulet qui veut se gratter, ce qui signifiait...

— Non! Stop! Pas de foudre dans la maison! criai-je, mais mon avertissement arriva trop tard.

Un éclair traversa le toit, illuminant l'esprit rebelle en passant. Soudain, une étendue bleue brillante apparut à l'endroit que mes chats fixaient. Maintenant, je le voyais aussi.

Oh, Merlin. Il avait cherché à détruire la chose, mais il lui avait simplement donné plus de pouvoir.

La maison émit un gros bruit sourd et tout devint silencieux… et encore plus sombre qu'avant.

— Merlin, tu as fait sauter l'électricité, criai-je, incapable d'arracher le regard au blob bleu et transparent qui flottait à quelques mètres de moi dans le couloir.

Et puis il se mit à pleuvoir dans la maison.

— Merlin ! hurlai-je.

— Ce n'est pas moi, cria-t-il à son tour.

Je levai les yeux et je vis que — oui — la pluie tombait par un nouveau trou dans le toit. Ça allait être cher à réparer.

— Tu as intérêt à savoir réparer ça par magie, grommelai-je.

— Tu t'inquiètes pour le toit alors que nous avons ceci ? cria Luna en désignant fébrilement le fantôme.

Le mouvement soudain surprit l'esprit qui longea le couloir et partit faire du bruit dans la cuisine.

— Pourquoi n'a-t-il pas été capturé par votre sort ? demandai-je aux chats.

*Miiiiiiiiaou!*

*RRAOU! CHSSSSS!*

*Miiiiiiiiaou!*

Ce n'était pas la réponse que je cherchais. Il était évident qu'ils n'étaient pas d'une grande aide dans cette situation, étant donné leur désir de crier contre le fantôme plutôt que de le capturer.

En y pensant, j'avais beaucoup crié, moi aussi. Argh.

Peu importe ma réaction initiale. Quelqu'un devait s'occuper de cette chose, et je me dis que ça pouvait très bien être moi.

J'entrai à grands pas dans la cuisine et je me cognai contre la table. Ouille!

La seule lumière provenait du fantôme lui-même, à cause de la panne de courant créée par la foudre de Merlin. Le blob bleu palpitant ne semblait pas humain, mais de quoi pouvait-il s'agir autrement?

— Salut Virginia, criai-je en faisant de mon mieux pour cacher le tremblement de ma voix. Pourquoi es-tu ici? Que veux-tu?

Le fantôme flotta plus près de moi et il me fallut toutes mes forces pour ne pas fuir de la maison en hurlant. Je suppose que je ne pouvais pas en vouloir à mes chats pour leur réaction, alors que j'aurais aimé pouvoir faire comme eux.

L'esprit continua à avancer avec une lenteur d'escargot. J'aurais pu courir, mais je restai sur place, fascinée, incapable de détourner les yeux de cette vision spectrale.

Quelques instants plus tard, il finit son trajet, s'arrêtant à moins de trente centimètres de moi.

Il parla alors avec un écho rauque qui me fit frissonner tout le long de la colonne.

— Qui est Virginia ?

# 18

C'était difficile à déterminer à cause de l'étrange écho de sa voix, mais j'étais à peu près certaine que notre fantôme était un garçon.

— Qui es-tu ? murmurai-je.

Je n'arrivais pas à croire que je parlais à un fantôme. Cela dépassait toutes les choses étranges qui étaient arrivées au cours des dernières semaines. J'avais atteint un nouveau sommet d'étrangeté que je n'étais pas certaine d'apprécier. Enfin, au moins l'esprit semblait gentil. C'était largement mieux que s'il s'était agi de Virginia.

— Gracie ? demanda le fantôme en s'approchant si près de moi que le blob bleu luisant ne fut plus qu'à un cheveu de mon visage.

— Euh, fantôme ? répondis-je stupidement.

— Je n'ai jamais voulu être un fantôme, gémit l'étrange créature en faisant onduler sa lumière bleue. Je ne sais pas pourquoi je suis ici et je ne sais pas pourquoi je suis venu à toi.

C'est alors que je reconnus enfin quelque chose de familier dans cette voix bizarre. Ce n'était pas Virginia, mais c'était quelqu'un que j'avais connu… quelqu'un que j'ai vu mourir il n'y a pas si longtemps.

— Harold ? demandai-je, sérieusement incrédule. Est-ce toi ?

— C'est moi, confirma l'esprit.

Waouh, je n'arrivais pas à croire que mon ancien patron était revenu du plan spectral pour me rendre visite. Il m'avait détestée, et surtout, il avait absolument détesté me payer quoi que ce soit… surtout ce qu'il me devait pour toutes les heures que j'avais passées dans son café.

— Pas étonnant que le sort n'ait pas fonctionné, murmurai-je pour moi-même en pensant à la grenouille en céramique inutile dans le couloir. Il était conçu pour Virginia. Et il est évident que tu n'es pas elle.

— Qui est Virginia ? répéta Harold.

— Ne t'inquiète pas pour ça, répliquai-je vite.

Je préférais vraiment ne pas lui dire que Virginia

était sa meurtrière. À la place, je déglutis et je demandai :

— Pourquoi es-tu là ? Pourquoi es-tu venu me voir, Harold ?

— Je ne sais pas, répondit-il pendant que sa lumière bleue palpitait encore.

Je me demandai si la couleur qu'il avait prise était une coïncidence ou si c'était un peu comme une bague d'humeur. Les fantômes malveillants étaient-ils rouges ? Les magiques, verts ? C'était un sujet intéressant, mais il n'était pas important dans l'immédiat.

— As-tu encore des choses à régler ? demandai-je après avoir humecté mes lèvres sèches.

— Il est difficile de se souvenir de grand-chose dans cette forme, dit-il avec son écho désagréable. Mais accorde-moi un moment, je vais essayer.

Pendant que j'attendais que Harold rassemble ses idées, les deux chats quittèrent lentement le couloir et vinrent se placer à côté de moi dans la cuisine.

— Que veut-il ? demanda Merlin en agitant la queue avec tant de force qu'elle me frappa la jambe.

— Un chat qui parle ! s'exclama Harold, effrayé, avant de filer en direction de l'évier.

— Oui, c'est un chat qui parle et tu es un fantôme. Lequel te semble plus effrayant ? demandai-je en inclinant la tête sur le côté, incrédule. De plus, tu viens de le voir parler dans le couloir. Tu l'as également vu invoquer la foudre, tu te souviens?

— Oh, je crois que oui.

Le blob bleu de Harold revint flotter vers nous, dangereusement près de Luna, cette fois.

— Et celui-ci m'a menacé! cria le fantôme en reconnaissant le chat blanc.

— J'ai un nom. C'est Luna, siffla-t-elle en lui faisant le gros dos.

— Iiihh! Un chat qui parle! cria Harold avant de voler dans toute la maison.

Oh non. Ça allait être long.

Il fallait que je prenne l'initiative ici, sinon nous allions être coincés toute la nuit.

— Harold, tu es venu ici pour une raison. Je sais que tu as des difficultés à t'en souvenir, alors je vais te poser quelques questions pour voir si ça t'aide. D'accord?

Il flotta sur place, ce que j'interprétai comme un accord.

— Est-ce à cause de la façon dont tu es mort? hasardai-je prudemment.

— J'ai été empoisonné.

— Oui, c'est bien, Harold! Oui, tu as été empoisonné.

Oups, ma voix était devenue aiguë et enfantine

comme quand je parlais à Merlin... jusqu'à ce qu'il se mette à me répondre, je veux dire. Quand je supposais encore qu'il était simplement un chat poilu tout doux et normal. Même si Harold paraissait inoffensif, il n'y avait rien de poilu ou de doux chez ce fantôme.

— Eh bien, pas besoin de paraître aussi contente, râla-t-il.

— Oh, fais-moi confiance. Ça ne me fait pas plaisir.

*Soupir.* Je n'avais rien à perdre en lui disant la vérité pour me soulager. Il allait l'oublier dans quelques secondes, de toute façon.

— Je suis désolée. Tu as été assassiné parce que quelqu'un voulait me faire du mal.

— Mais elle t'a vengé, ajouta Merlin en sautant sur la table pour s'approcher de l'orbe bleu qui parlait. Elle a risqué sa propre vie pour punir ceux qui t'ont fait du mal.

— Mon assassin est mort? voulut savoir Harold.

Je haussai les épaules par manque de meilleure réponse.

— Euh, oui et non. Le cerveau est encore en liberté, mais celui qui a tiré sur la gâchette est vraiment mort.

— Non, on ne m'a pas tiré dessus. J'ai été empoisonné, insista-t-il avec un autre écho plaintif.

— Oui.

Pas de digressions, pas de métaphores. Il fallait parler simplement et directement.

— Ta visite a-t-elle un rapport avec ta fille ? Kelley ?

— Ma fille, murmura le fantôme avant de devenir d'un bleu éclatant et de crier : Kelley ! Oui, je voulais te remercier de l'avoir aidée.

Je souris. Harold aurait été un bon père s'il en avait eu l'occasion.

— Bien sûr que je l'ai aidée, c'est mon amie.

— Mais tu lui as donné ton unique vœu. Tu n'étais pas obligée de le faire.

Ma mâchoire serait tombée sur le sol si elle avait été assez longue.

— Tu ne te souvenais pas que les chats peuvent parler, mais tu savais que mon chat avait concocté une potion que j'ai ensuite donnée à Kelley afin que son plus grand rêve se réalise ?

Le blob bleu pencha sur le côté.

— La mémoire est aussi étrange qu'un fantôme. Elle va et vient.

— Eh bien, c'est avec plaisir que j'ai aidé Kelley. Elle veut honorer ton héritage. Tu as une très bonne fille. C'est dommage que tu n'aies pas eu le temps d'apprendre à la connaître.

La couleur de Harold devint sombre comme le milieu de la nuit.

— Vraiment dommage.

— Demain, c'est la grande ouverture du café. Elle a gardé le nom, l'informai-je. En hommage pour toi.

Il redevint plus lumineux.

— Pourrais-tu s'il te plaît lui dire que je suis fier d'elle ?

Bon, c'était très mignon et tout, mais il fallait vraiment que j'aille dormir parce que j'avais une journée complète de travail le lendemain.

— Je vais voir ce que je peux faire. Merci pour ta visite, Harold. Était-ce tout ?

— Attends !

Le fantôme fit le tour de la cuisine à toute vitesse avant de se retourner vers moi.

— Je dois te délivrer un avertissement de l'au-delà.

— Ça aurait été bien de commencer par là, fit sèchement remarquer Merlin.

Je lui demandai de se taire, puis j'adoucis la voix pour m'adresser à Harold :

— Quel est le message ?

Sa voix devint grave et nette, complètement transformée.

— Les graines qui ont été semées porteront bientôt des fruits dangereux.

Je retins mon souffle.

— Harold ? Qu'est-ce que ça veut dire ?

Il tourna lentement comme s'il scrutait la pièce.

— Qu'est-ce que quoi veut dire ?

— Le message que tu viens de me donner, insistai-je. S'il te plaît, rappelle-toi, s'il te plaît, rapp...

— Je ne m'en souviens pas, dit-il avant de disparaître.

# 19

Le lendemain, je me réveillai avec un terrible mal de tête. Non seulement tout le fiasco dans la cuisine avait pris très longtemps, mais après, j'étais restée éveillée pendant presque une heure à songer au sens de l'avertissement fantomatique de Harold.

*Les graines qui ont été semées porteront bientôt des fruits dangereux.*

Qu'est-ce que ça voulait dire ?

Il était possible que Harold l'ait entendu dans un film avant de mourir et que ça lui était revenu sans qu'il sache que ce n'était pas un véritable souvenir. On aurait vraiment dit une étrange prophétie sortie tout droit d'un film de fantasy épique.

Plus j'y réfléchissais, plus j'étais perdue. Je

supposai devoir simplement attendre et voir ce qui allait se passer, même si je détestais ne pas pouvoir me préparer.

La journée allait être bien chargée.

La grande réouverture du café était arrivée. Je devais accorder le mérite à Kelley d'avoir été particulièrement rapide pour retravailler le menu et former les employés. C'était le moment de ses débuts officiels en tant que propriétaire de la Maison du Café de Harold.

Elle allait avoir besoin de tout le monde au travail, car la journée allait être particulièrement chargée. La magie que je lui avais secrètement donnée le garantissait.

Sur mon conseil, Kelley avait prévu que tous les employés enchaînent deux services pour la journée, moi comprise.

Quand j'arrivai chez Harold, je la trouvai vêtue d'une robe de fête blanche inspirée des années cinquante et couverte de petites citrouilles et de cornes d'abondance. Elle courut vers moi avec un énorme sourire.

— Gracie, bonjour ! Es-tu prête pour notre grand jour ?

— Pour ton grand jour, lui rappelai-je avec un sourire. Et oui, je suis tout à fait prête.

Inutile de lui faire savoir que j'avais perdu plusieurs heures de sommeil la nuit passée, à cause du feuilleton paranormal qu'était maintenant devenue ma vie.

Elle hocha la tête en faisant danser une paire de boucles d'oreilles en forme de citrouilles d'Halloween.

— Bonne nouvelle, les tee-shirts du nouvel uniforme sont arrivés hier soir. Va en chercher un au bureau et change-toi.

*Oh, non.* Harold nous avait permis de porter ce que nous voulions parce qu'il était trop radin pour investir dans des uniformes, mais Kelley avait mis le paquet en commandant une série de tee-shirts personnalisés qui allaient changer chaque mois.

Je fouillai dans le carton jusqu'à trouver un tee-shirt large, puis je l'enfilai par-dessus mon autre tee-shirt. À l'avant, il était écrit #PSLISBAE, le nouveau hashtag que Kelley essayait de lancer sur les réseaux sociaux. À l'arrière de l'uniforme était inscrit « Demandez-moi quelle est mon épice préférée ! »

*Que Dieu nous vienne en aide.*

Quand je sortis du bureau, je trouvai Kelley debout près de la machine à chauffer le lait, en train de fixer le mur. Quand je m'approchai, je découvris qu'elle examinait une photo encadrée qui n'avait pas été là quand j'étais venue travailler deux jours plus tôt.

La photo était la même que celle qui avait été utilisée à côté du cercueil pour l'enterrement de Harold. C'était un portrait en gros plan de son visage, avec ses joues rondes, ses petits yeux et son front dégarni. Kelley pouvait remercier sa bonne étoile d'avoir hérité de la beauté de sa mère.

— Penses-tu qu'il serait fier de moi ? chuchota-t-elle quand je la rejoignis.

— Je sais qu'il le serait, dis-je en serrant son épaule pour la soutenir.

Kelley se tourna vers moi, mais ne me regarda pas dans les yeux.

— Vraiment ? marmonna-t-elle. Tu ne penses pas que j'exagère avec les épices et la citrouille ?

— Les gens vont adorer. Tu verras.

Maintenant, elle me regarda. Dans ses yeux, il y avait tous ses rêves et ses angoisses secrètes. C'était bien plus qu'une grande ouverture pour elle. C'était une occasion de créer du lien avec le père qu'elle venait juste de commencer à connaître.

— Qu'est-ce qui te rend si sûre de ça ? demanda-t-elle.

— Je le sais, c'est tout, la rassurai-je. Hé, que

dirais-tu de faire quelques expressos à la citrouille pour nous aider à démarrer ?

— C'est une très bonne idée, s'extasia-t-elle en passant devant moi et en se précipitant vers la machine à expresso de taille industrielle. Que tout le monde se rassemble ! cria-t-elle en utilisant la machine.

Les trois nouveaux employés étaient déjà arrivés. J'avais été si concentrée sur mes nombreux problèmes magiques de la semaine précédente que je n'avais pas vraiment fait des efforts pour apprendre à les connaître en dehors des activités de team building de Kelley. Maintenant que je savais que notre visiteur fantomatique avait été Harold je pouvais commencer à me détendre un peu plus. À laisser approcher d'autres gens.

Drake passa la porte à toute vitesse juste au moment où Kelley servait le dernier petit gobelet.

— Pardon pour mon retard !

— En réalité, tu as cinq minutes d'avance, dit Kelley en lui tendant un expresso.

Drake tourna brusquement la tête vers la porte.

— Dois-je ressortir et revenir un peu plus tard ?

— Oh, arrête.

Kelley fit semblant de lui donner une tape sur le torse et je vis Drake, normalement si réservé et sarcastique, rougir. Il avait rougi ! Il restait peut-être encore de l'espoir pour ces deux-là, finalement.

— Trinquons ! annonçai-je en levant mon propre gobelet en l'air.

— Au Café Harold. Longue vie à son héritage ! dit Kelley.

— À Kelley. Qu'elle ignore longtemps les retards ! rétorqua Drake.

— À tout ce qui est épicé, ajoutai-je.

Les nouveaux crièrent un mélange de « Santé ! » et « Bravo ! ».

Puis tout le monde but son petit gobelet d'expresso d'une traite.

— Ah, chaud, chaud, chaud ! criai-je.

— C'est monté tout droit dans mes sinus, gémit Drake.

Les autres se mirent à rire.

Oui, nous étions prêts à tout déchirer.

# 20

Je me traînai à la maison à la fin de mon double service, puant la cannelle, la noix de muscade et le gingembre. Même si j'avais mal aux pieds et au dos, je ne pouvais pas être plus heureuse. Kelley s'était vraiment montrée à la hauteur et j'adorais voir la façon dont son visage s'était illuminé en voyant la réussite d'un travail bien fait.

J'étais heureuse, mais vraiment prête à me reposer.

Heureusement que la panne de courant de la veille avait été le résultat d'une surcharge électrique soudaine et non pas un dégât permanent du branchement. Un rapide trajet jusqu'à la boîte à fusibles de ma maison avait rétabli le courant. D'un autre côté, le trou dans le toit allait être bien plus difficile à réparer.

J'essayai de ne pas m'inquiéter à ce sujet en posant un plateau-repas dans le micro-ondes, puis je m'installai sur le canapé et je parcourus le catalogue Netflix. Après ma dure journée de travail, je méritais de me faire plaisir avec la série de téléréalité la plus sordide et excessive que je puisse trouver. Je choisis une de leurs séries des débuts qui demandait à des gens de se fiancer avant même de se rencontrer en face à face. C'était le meilleur de la télévision de mauvais goût.

Et oui, ce fut tout de suite intéressant. J'arrivai à peine à arracher mon regard à l'écran quand le micro-ondes sonna pour me prévenir que ma version allégée des macaronis au fromage était prête à être consommée.

J'étais si captivée par le ridicule qui se jouait à l'écran que je trébuchai sur un des chats en me dirigeant vers la cuisine.

Luna miaula et courut se cacher dans ma chambre.

— Comment oses-tu! tonna Merlin en s'avançant tout droit vers moi, comme sorti de nulle part.

— Je suis désolée, Luna! C'était un accident! criai-je alors qu'elle battait en retraite.

Je me tournai alors vers Merlin.

— Ne me fais pas la leçon alors que tu as fait un trou dans notre toit hier soir ! J'ai appelé une entreprise de réparation pour un devis pendant que j'étais en pause, et ils veulent plus que je gagne en un seul mois ! Alors j'espère que tu as appris ta leçon au sujet de l'invocation des éléments dans notre maison.

— Ne fonde pas une famille. N'invoque pas la foudre. Tu as tellement de règles ! cracha l'énorme boule de poils.

Je ris avec dédain.

— Ce sont des règles très raisonnables.

— Je pense que tu oublies qui est le chef ici. Je suis le sorcier.

— Et je suis la propriétaire de cette maison, explosai-je.

Je n'avais sérieusement plus une goutte d'énergie à dépenser pour ses bêtises.

— Je suis aussi celle qui paie toutes les factures. Et je viens d'avoir une très longue journée fatigante au travail, alors ne me cherche pas !

— Tu as de la chance de ne pas être un chat, sinon je te provoquerais en duel ici et maintenant.

Rageur, il tapa de son petit pied de chat, mais ça ne me fit pas peur non plus.

— Merlin ! Gracie ! cria Luna. Ça suffit !

Nous la regardâmes tous les deux en grimaçant.

— C'était un accident, et je vais bien.

Quand elle s'approcha, je remarquai qu'elle bougeait d'une façon un peu différente. Oh, j'espérais vraiment ne pas lui avoir fait trop mal avec mon étourderie.

— Mais vous avez tous les deux été bien trop tendus dernièrement. Souvenez-vous que nous sommes tous du même côté.

Merlin gémit.

— Mais elle...

— Mais rien du tout. Nous avons tous beaucoup de choses à gérer en ce moment, et nous retourner les uns contre les autres est bien la dernière chose dont nous avons besoin. Vous êtes tous les deux stressés, et je le comprends. Je pense que vous avez besoin de vous éloigner un peu pour vous calmer.

— Je suis désolée, Luna. Tu as raison. Je suis vraiment stressée au sujet du fantôme et de l'avertissement que je ne comprends pas, et du trou dans le toit, et...

— Je le sais, ma chère. Je réparerais ce trou si je le pouvais, et j'en aurais été capable si j'avais toujours ma magie. Peu importe, Merlin voyagera à Nocturna dès qu'il sera disponible et il trouvera une sorcière des jardins qui pourra aider à la réparation.

— Mais Chat Cal! argumenta Merlin. S'il me voit, il me provoquera encore. Je pourrais mourir, Luna. Mourir!

— Dans ce cas, il te suffira de faire en sorte qu'il ne te voie pas, l'encouragea-t-elle. Maintenant, je veux que vous vous réconciliiez tout de suite.

— Je suis désolée, Merlin, dis-je en regardant le sol.

Luna était douée pour jouer la mère déçue. Elle allait être une très bonne mère quand Merlin et elle seraient officiellement prêts à fonder une famille.

Luna s'avança vers Merlin et le poussa avec la patte.

— À toi, maintenant.

— Pardon, Gracie, marmonna-t-il tout en levant les yeux au ciel.

Luna hocha la tête sans voir ce dernier mouvement.

— Maintenant, Gracie, pourquoi ne retournerais-tu pas à ta série? Merlin, sortons ce soir. C'est peut-être notre dernière chance avant la naissance des enfants.

— Quoi? explosai-je.

— Cours, mon amour, cours! cria Merlin, et ils s'élancèrent tous les deux vers la chatière.

Bon, encore une énorme inquiétude de plus. Je

devais sans doute arrêter de supposer que la vie allait redevenir calme et reprendre son cours normal. Et bientôt des chatons !

Pour aujourd'hui, cependant, je laissai la série de téléréalité mélodramatique apaiser mes angoisses en avalant mes nouilles molles au fromage.

Et je ne parvins même pas à la fin du premier épisode avant de m'endormir sur le canapé.

# 21

Je me réveillai peu de temps après, ne sachant plus où j'étais. Puis j'aperçus le message de Netflix sur l'écran de ma télévision : *Vous êtes encore là ?*

J'éteignis la télé avec la télécommande, puis je m'assis en étirant les bras au-dessus de ma tête. Il fallait que j'aille au lit, mais j'étais toujours tellement, tellement endormie.

Juste au moment où j'étais sur le point de me forcer à me lever, j'entendis une série de claquements et de grattements venant de l'autre côté du salon. *Quoi ?*

Je m'avançai sur la pointe des pieds pour jeter un coup d'œil et je vis la silhouette d'un chat à la fenêtre. Mon chat.

— Merlin, que fais-tu dehors? criai-je en me précipitant pour ouvrir la fenêtre.

Mais avant que je puisse traverser la pièce, une vive lumière verte jaillit du mur et me barra le chemin.

— Harold? dis-je d'une toute petite voix, alors qu'il était impossible de confondre la silhouette devant moi.

— Comme on se retrouve, dit une Virginia fantomatique d'une voix traînante.

Contrairement à Harold, elle était bien plus qu'un orbe amorphe brillant. Son visage était entièrement formé à l'image de ce qu'il était dans la vie... sauf que maintenant, Virginia était verte et à moitié transparente. Il lui manquait également la majorité de son corps. En fait, sa silhouette se terminait légèrement au-dessous des aisselles, lui donnant l'apparence d'un buste.

Virginia fonça sur moi en grinçant des dents.

Je l'évitai juste à temps.

— Sors d'ici et laisse-nous tranquilles, criai-je en courant vers le couloir.

Virginia suivit avec un rire diabolique, comme si elle était une sorcière et pas un fantôme. Elle était peut-être aussi une sorcière, désormais. En tout cas, elle émettait une lumière verte de magie ; j'avais donc un double désavantage. Je ne pouvais pas pratiquer la magie moi-même et je ne savais absolument pas comment tuer un fantôme. *Merveilleux.*

Je fouillai dans le coin du couloir jusqu'à trouver la grenouille en céramique avec la potion dans sa bouche ouverte. Dès que je la tins fermement, je me retournai et je la poussai vers mon adversaire.

— Prends ça ! criai-je, fière d'avoir réfléchi si vite malgré le brouillard de fatigue qui m'enveloppait.

— Que fais-tu avec ma grenouille ? demanda Virginia en riant sèchement. Et pourquoi l'agites-tu vers moi comme une arme ?

Je me préparai en plantant fermement les pieds dans le sol.

— Je te lie à cet objet, fantôme !

Le hurlement de Virginia résonna dans toute la maison :

— Silence !

Je poussai encore la grenouille vers elle, mais elle vola hors de mes mains et s'écrasa contre le mur. Quand j'essayai de parler, je découvris que ma bouche était scellée.

— Voilà qui est mieux, dit Virginia en hochant la tête d'un air approbateur. Maintenant, arrête ton cinéma. Je suis là pour te tuer. Rien de plus, rien de moins. Tu vas payer pour ce que tu as fait avec ton sorcier. J'ai plus de magie dans la mort que je n'en avais dans la vie, et je vais maintenant l'utiliser pour venger ma mort prématurée. Alors, as-tu quelque chose à dire avant de mourir ?

Elle tourna la tête sur son torse coupé et relâcha son emprise magique sur moi.

Je pris ma respiration, puis je criai dès que je pus bouger la bouche.

— Où sont mes chats ?

Sa lueur verte faiblit à cause de sa déception apparente.

— Eh bien, quel gâchis de dernières paroles. Si tu veux tout savoir, j'ai magiquement scellé cette maison. Ils ne peuvent pas entrer, et tu ne peux pas sortir. Tu es entièrement à ma merci. D'abord, je vais m'occuper de toi, puis j'en finirai avec eux. C'est presque trop facile.

— Tu n'as pas de magie. C-c-comment est-ce possible ? bafouillai-je.

Tant que je pouvais la faire parler, je pouvais continuer à respirer.

Virginia avait un si gros ego que non seulement elle voulait m'assassiner, mais elle voulait aussi que je voie comme elle était brillante avant de le faire. C'était digne du méchant typique qui révèle son plan au lieu de l'accomplir.

— Oh, tout est possible quand on a les bons amis. Luna était une amatrice, une idiote! Mais ma nouvelle maîtresse apprécie ce que je suis, ce que je peux faire.

Elle était tellement le cliché de la méchante que je me sentais presque désolée pour elle. Malheureusement, j'avais beaucoup plus de compassion pour moi-même. Virginia n'avait pas fait preuve de la moindre moralité et elle n'allait pas hésiter à tenir sa promesse de me tuer.

Même si je tremblais encore, je me forçai à lever les yeux au ciel.

— Tu parles de Dash? Tu travailles encore pour cette sorcière après la dernière fois qui a littéralement causé ta mort?

— Je sais ce que tu fais et je ne suis pas assez stupide pour tomber dans le panneau, siffla cette Virginia verte.

— Drôle de choix de mots. Tomber dans le panneau? N'est-ce pas ainsi que tu es morte la première fois? En tombant? Peut-être mourras-tu ainsi cette fois aussi?

J'aurais bien croisé les bras, sauf que je risquais d'en avoir besoin si Virginia volait vers moi.

— Je suis immortelle dans ma nouvelle forme!

tonna-t-elle d'un ton triomphal. La seule qui va mourir cette nuit, c'est toi. Et tes petits amis félins.

Elle se jeta sur moi avec sa bouche fantomatique grande ouverte et la referma sur mon épaule.

*Ouille, ouille, ouille.* Ce fut tellement douloureux! Bien plus qu'une morsure normale. D'une façon ou d'une autre, je sus qu'elle m'avait infectée avec de la magie.

Mais de quelle sorte?

Quel effet allais-je subir?

Je chancelai. Non, je ne pouvais pas la laisser gagner.

Surtout pas aussi facilement.

Je défaillis encore.

— Que m'as-tu fait? demandai-je d'une voix rauque.

# 22

J'ai créé un drain. Bientôt la magie en toi commencera à couler vers moi, révéla Virginia en riant joyeusement. Et quand j'en aurai suffisamment, je l'utiliserai pour te tuer. Que penses-tu de cette justice poétique ?

Virginia était vraiment imbue de sa personne, mais même moi, je devais admettre que son plan était bon. Me tuer avec ma propre réserve de magie.

Waouh.

Je n'avais même pas survécu un mois entier en tant que familier et déjà mes liens avec le monde magique causaient ma mort imminente.

Pardon, mais non.

Je n'allais pas laisser tomber sans me battre.

Mes chats ne pouvaient pas entrer pour m'aider,

mais je pouvais encore les entendre à la fenêtre. Je pouvais toujours leur parler, les laisser me guider dans cette bataille. Je me jetai dans le couloir, traversant le fantôme ennemi, et je filai jusqu'à la fenêtre du salon.

Merlin resta assis en attendant que je déverrouille la fenêtre et que je l'ouvre.

— Gracie, derrière toi ! cria-t-il.

Je plongeai sur le côté pour éviter une autre morsure douloureuse de mon adversaire spectrale.

Virginia passa à travers la fenêtre, hurla de rage, puis fit demi-tour.

— Elle a utilisé la majorité de sa magie pour créer son sort de barricade, cria Luna que je ne voyais pas. C'est pour cette raison qu'il manque la moitié de son corps. Même avec le drain qu'elle a placé sur toi, elle se régénère très lentement.

Oui, Luna avait raison ! En me faisant taire, elle avait perdu ses petits bras coupés. Sa silhouette se terminait maintenant au niveau de la clavicule. Si elle jetait un autre gros sortilège, elle risquait de se faire disparaître.

Le fantôme fonça à nouveau vers moi et je bondis hors de son chemin. Toutes ces attaques physiques servaient-elles à me distraire pendant qu'elle rechargeait sa magie ? Et que pouvait-elle me faire de pire sans la magie? Me mordre encore? C'était douloureux, mais je savais déjà que je pouvais y survivre.

Eh bien, elle n'était pas la seule capable de jouer à ce petit jeu de patience.

Je courus vers le placard et j'attrapai mon balai.

Virginia éclata de rire en se moquant de mon choix d'arme. Je la frappai alors au visage avec le côté brosse dégoûtant, et je l'envoyai valser en arrière.

— Tu vas payer pour ça! promit-elle, sa couleur verte se transformant en émeraude éclatante alors qu'elle crachait des jurons.

— Fige-toi!

Mes pieds restèrent collés au sol. Je pouvais encore bouger le haut de mon corps, mais le bas était maintenant coincé comme une mouche dans le miel.

Dès qu'elle murmura cette commande magique, le reste de ses épaules fantomatiques disparut. Maintenant, elle n'était plus qu'une tête qui s'agitait sur un cou.

— Tu ne peux pas me tuer sans te tuer toi-même, affirmai-je comme si c'était un fait et pas simplement ma théorie du moment.

Elle m'avait dit qu'elle était maintenant immortelle en tant que fantôme, mais ça ne signifiait pas nécessairement qu'elle pouvait rester longtemps dans notre dimension terrestre.

— Je suis déjà morte, grâce à toi ! rétorqua-t-elle.

À mesure que sa frustration grandissait, elle parlait plus vite et articulait moins bien.

— Gracie ! cria Merlin depuis la fenêtre.

Je regardai à travers Virginia et je vis que Merlin et Luna étaient à présent tous les deux assis sur le rebord.

— Nous pouvons la lier, mais il faudra des ingrédients de mon jardin, cria la femelle.

— Non, la grenouille n'a pas fonctionné.

Autrement, toute cette histoire aurait pris fin dès qu'elle avait commencé. Si seulement.

Cependant, Luna n'abandonna pas.

— Elle était trop vieille et avait perdu de sa puissance, mais une nouvelle préparation fonctionnera.

— Je ne peux pas partir.

— Essaie la porte, cria Merlin.

*Merci de m'apprendre une évidence.*

— Je ne peux pas. Je suis coincée.

Je montrai mes jambes et je poussai un grognement.

Pendant tout ce temps, Virginia criait des insultes contre nous, mais ne jetait plus de sorts. Apparemment, j'avais raison concernant le fait qu'elle n'avait pas le pouvoir requis pour finir ce qu'elle était venue faire. Elle n'avait sans doute pas compris ce que le sort de barricade allait lui coûter. De toute façon, ce n'était pas comme si elle était une vraie sorcière. Elle n'avait jamais eu de magie dans la vie et elle manquait d'expérience dans la mort.

Je scrutai la pièce en cherchant une espèce de solution qui permette de me décoller du sol. J'aperçus mon téléphone posé sur la table basse à deux mètres de moi. Je ne pouvais pas tendre la main et l'attraper, mais j'avais un balai dans les mains. Si j'arrivais à distraire Virginia assez longtemps pour l'attraper, je pouvais envoyer un texto de S.O.S à Drake.

Heureusement, il avait insisté pour enregistrer mon numéro dans son téléphone après notre rendez-vous raté. Il avait aussi proposé de m'aider avec mon fantôme, si j'en avais besoin. Et là, j'en avais vraiment besoin.

— Hé, la nulle ! criai-je assez fort pour que Virginia m'entende par-dessus ses vociférations insensées. Réflexe !

# 23

Je fis semblant de jeter un sort. Oui, je ne pouvais pas utiliser la magie en moi, et oui, Virginia le savait. Mais heureusement, ma ruse fonctionna tout de même.

Je levai la main qui ne tenait pas le balai et je fis un geste élaboré.

— Merlin, la foudre ! criai-je.

Comme je m'y attendais, Virginia se retourna juste à temps pour voir Merlin invoquer un éclair de l'autre côté de la fenêtre. Sa magie ne pouvait pas franchir la barrière qu'elle avait érigée, mais la présence fantomatique ne put s'empêcher de regarder avec fascination « l'échec » de la tentative de Merlin pour m'aider.

Très rapidement, je balançai mon balai sur le côté

puis je le tirai vers moi comme une rame. Cela fit voler mon téléphone sur le sol et tout droit vers moi. Heureusement que j'avais investi dans une bonne coque de protection, sinon ce plan n'aurait pas fonctionné.

Je me baissai, toujours figée sur place, et j'attrapai le téléphone. En le déverrouillant vite, j'ouvris mes contacts et je composai un message, mes deux pouces volant au-dessus de l'écran.

*Drake, SOS!*

*Viens m'aider!*

J'envoyai chaque texto séparément, ne sachant pas quand Virginia allait réussir à m'arracher le téléphone des mains et interrompre mes appels à l'aide.

*Le fantôme est...* Virginia fit volte-face et retira le téléphone de mes mains par magie avant que je puisse terminer. Il s'écrasa contre le mur, un peu comme la grenouille. Tant pis pour la coque ultra résistante.

RIP, mon iPhone.

Drake allait venir. Je le savais. Ce qu'il pouvait faire pour m'aider, ça, c'était une question à laquelle je n'avais pas vraiment réfléchi.

J'étudiai Virginia pour voir si elle s'était davantage effacée à cause de son utilisation récente de la magie, mais elle ne semblait pas avoir perdu de terrain. Ce qui signifiait que le drain qu'elle avait placé sur moi commençait à fonctionner.

*Non, non, non.* Que pouvais-je faire d'autre pour la retarder?

— Merlin, j'ai peur! criai-je, et Virginia se mit à briller en se réjouissant de mon malheur.

— Je ne t'abandonnerai pas, promit-il à la fenêtre. Même à travers le sort barrière, ma présence te permet de rester forte. Et la tienne me protège également.

— Mais le drain…

Mes paroles s'envolèrent comme si mon énergie était aspirée hors de moi en même temps que la magie.

Merlin se leva et appuya les pattes contre la barricade, me montrant tout son ventre poilu.

— C'est ma magie que tu portes. Une petite partie va vers Virginia, mais la majorité parvient à s'échapper vers la barrière et à me revenir. Je ne peux pas partir, sinon la magie n'aura pas d'autre endroit où aller.

— Arrête de l'aider! s'emporta Virginia, mais elle était également incapable de lancer des sorts à travers sa barricade.

Pour attaquer Merlin, elle devait sortir. Et nous savions tous qu'il était un utilisateur de la magie bien plus puissant qu'elle, particulièrement avec mon énergie supplémentaire qui coulait en lui maintenant.

Merlin s'adressa directement au fantôme d'une voix froide et hautaine :

— Tu es coincée jusqu'à ce que tu aies généré assez de magie pour lancer le sort mortel que tu as prévu.

Puis il me dit :

— Ignore-la. Elle ne peut pas encore te faire de mal.

— Oh que si, je le peux ! hurla Virginia avant de se jeter vers moi et de mordre encore.

Elle arriva si vite que je n'avais pas été prête avec le balai. Zut !

Cette nouvelle blessure était douloureuse, mais j'allais y survivre. Elle ne pouvait pas me mordre jusqu'à me tuer, et maintenant, mon objectif prioritaire était de ne pas mourir. Franchement, c'était mon seul objectif.

— Mémorise cette liste d'ingrédients, me cria Luna à côté de Merlin. Quand ton petit ami arrivera, envoie-le tout droit vers mon jardin. S'il ramène ce dont j'ai besoin, Merlin et moi pourrons créer une nouvelle potion pour la lier.

— Mais il vous verra pratiquer la magie et vous entendra parler ! protestai-je.

Merlin m'avait bien fait comprendre depuis le début que je ne pouvais pas révéler la magie à des personnes non magiques. Quelle était l'utilité de survivre à ma rencontre avec ce fantôme si c'était pour finir dans une prison mal famée pour le restant de ma vie ?

La voix de Luna me parvint, forte et pleine d'assurance :

— Nous ne nous sommes pas révélés à lui, alors il entendra seulement des miaulements. Et ses yeux inventeront d'autres scénarios pour expliquer nos actions. Tout ira bien. Mais fais attention. Maintenant, mémorise cette liste. Aubépine, chélidoine...

Luna cria au moins dix ingrédients et je les répétai jusqu'à ce qu'elle soit sûre que je me souvienne de tout.

Virginia continua à hurler et cracher, mais au pire elle nous faisait seulement répéter quelques fois pour nous entendre malgré le vacarme.

Pourquoi avais-je toujours l'impression que mes affrontements magiques épiques traînaient en longueur ? Les confrontations de vie ou de mort dans les films se passaient toujours si vite. Il était inutile d'attendre que la magie d'un fantôme se recharge ou que la potion correcte soit préparée.

La magie réelle était à la fois plus excitante et bien plus ennuyeuse que la magie dans les films. Au moins, les films ne pouvaient pas me tuer.

Virginia, en revanche...

Elle fonça à nouveau vers moi et je la frappai avec le balai. Je commençais à devenir douée. Elle fit demi-tour pour m'attaquer encore, mais une paire de lumières blanches éclatantes fit irruption par la fenêtre, interrompant ses efforts.

Drake était arrivé.

# 24

Tout sembla s'arrêter pendant que Virginia et moi attendions, au milieu de notre bataille, que Drake coupe le moteur, sorte de la voiture et entre dans la maison.

Il frappa à la porte d'entrée.

— Gracie ! Tout va bien ? Laisse-moi entrer !

*Le sort barrière !* Allait-il pouvoir entrer ? Et si oui, allait-il pouvoir ressortir ?

— Drake, criai-je d'une voix rauque à force de hurler. N'entre pas !

— Que se passe-t-il ? demanda-t-il en agitant la poignée de la porte qui resta fermée.

— N'entre pas ! le suppliai-je en espérant qu'il ne perde pas de temps à argumenter.

J'avais besoin qu'il agisse et qu'il agisse vite.

— S'il te plaît, j'ai besoin de ton aide. Il faut que tu ailles dans un jardin et que tu me récupères une liste d'ingrédients.

Drake tambourina de toutes ses forces contre la porte.

— Quoi? Gracie, pourquoi? Que se passe-t-il? Le fantôme est-il revenu? Est-ce que tu vas bien?

— Il est là et il est très fâché. J'ai besoin de l'attacher avant…

— Je ne suis pas un «il»! Témoigne-moi du respect, faible mortelle! siffla Virginia en tournoyant dans la pièce.

— Holà! cria Drake qui arrêta de frapper à la porte. Était-ce le fantôme? Tu as raison, il a l'air très fâché!

— Il, il, il! Je ne suis pas un «il»! Et toi, l'imprudent, je viens de t'ajouter à ma liste de gens à abattre.

Virginia était très en forme, émettant une lumière plus vive que jamais. La fierté était un point de friction important pour elle. Mmm, peut-être que si Drake entrait, il pouvait lui parler pendant des heures en l'obligeant à utiliser sa magie de sorte qu'elle se dématérialise, mais je ne pouvais pas lui faire prendre des risques. Et je préférais aussi me débarrasser d'elle de façon permanente. C'était la potion de Luna ou rien. Il fallait simplement que je convainque Drake de partir et d'aller chercher ce dont elle avait besoin.

— Drake, ça va. Ne l'écoute pas, criai-je en espérant que les menaces de Virginia ne lui aient pas fait perdre son courage. Il te suffit d'aller au jardin. Ramène ce dont nous avons besoin. C'est le seul moyen. As-tu ton téléphone ? Note cette liste.

Il y eut un bref moment de silence, puis :

— Je suis prêt.

Je récitai les ingrédients pendant que Luna hochait la tête et je donnai également l'adresse à Drake.

— Maintenant, dépêche-toi, s'il te plaît ! Je compte sur toi !

J'écoutai les pas de Drake frapper le trottoir en s'éloignant, puis son moteur vrombit et il partit à toute vitesse.

— Et maintenant ? demandai-je aux chats qui regardaient toujours depuis le rebord de la fenêtre.

— Nous attendons et nous espérons qu'il apporte les bons ingrédients. Et vite, répondit Luna.

— Drake sait un peu de choses dans beaucoup de domaines, dis-je en me souvenant de la conversation que j'avais eue avec lui, puis avec Kelley. Le jardinage est l'un d'entre eux. En outre, il peut toujours chercher les ingrédients sur son téléphone et s'assurer de cueillir ce qu'il faut. Il va réussir.

Pour une raison ou pour une autre, je croyais cela de toutes les fibres de mon être. Drake n'allait pas me laisser tomber. En fait, il allait me sauver. Tout irait bien.

Il me suffisait d'être patiente.

— Je deviens plus forte avec chaque minute qui passe, me rappela Virginia en chuchotant comme un serpent.

Et elle avait raison. Elle avait repris la forme qu'elle avait eue quand je l'avais vue au début : un buste complet jusqu'en bas de ses aisselles.

— Je vais te tuer, Gracie, et je ferai regarder ton petit ami. Puis je rechargerai mon pouvoir et je le tuerai également. Ensuite ce sera Luna. Je garde mon ancienne maîtresse en dernier. Avant la fin de cette nuit, vous serez tous morts.

— Personne ne va mourir aujourd'hui, espèce de vieille bique, la provoqua Merlin à travers la barrière. Surtout pas mon familier et mes enfants à naître non plus !

Virginia poussa un petit cri et se tourna vers la fenêtre.

— Qu'as-tu dit ?

— Nous avons le pouvoir de l'amour de notre côté. La haine ne gagnera jamais, hurlai-je parce que ça ressemblait à ce que pouvait dire un gentil dans une confrontation de ce genre.

— On dirait que je suis partie au bon moment, Luna, dit froidement Virginia. Au moins, en tant que sorcière, tu avais un peu de pouvoir. Mais tu as tout abandonné, n'est-ce pas ? Et pour quoi ? Pour jouer au papa et à la maman avec une espèce de boule de poils à pattes et pour donner naissance à ses sales gosses ?

— Je ne te dois rien, Virginia, grogna Luna. Et tu ne comprends pas que le pouvoir a de nombreuses formes différentes. Mes enfants vont grandir pour devenir forts et gentils et aider le monde à se débarrasser de monstres tels que toi.

— Ils vont mourir ou vivre des vies maudites. Je peux le garantir.

Alors que le fantôme révélait cette promesse inquiétante, je savais qu'il valait mieux ne pas douter de ses paroles.

J'avais beau avoir pensé que ce n'était pas le bon moment pour que mes chats fondent une famille, j'allais me battre de toutes mes forces pour protéger la portée de Luna. Virginia avait voulu nous faire peur, mais elle m'avait simplement donné plus de motivation.

J'allais la battre une bonne fois pour toutes.

Ces chatons n'allaient jamais savoir comme ils étaient passés près de mourir avant même d'avoir la chance de naître.

Tata Gracie se chargeait de l'affaire.

Et elle n'allait pas les laisser tomber.

# 25

Quand Drake revint, le corps fantomatique de Virginia s'était matérialisé jusqu'à son nombril.

Et cette vingtaine de minutes d'attente, coincée sur place, pendant qu'elle râlait et délirait et nous disait à tous comme nous étions affreux, figurait parmi les plus insoutenables de ma vie. Elle fonça quelques fois sur moi, mais je parvins habilement à dévier sa trajectoire avec mon balai.

Franchement, je pense que nous étions toutes deux soulagées quand la voiture de Drake se gara dans mon allée pour la deuxième fois ce soir-là. Cette fois, cependant, deux bruits de pas s'approchèrent de ma porte au lieu d'un seul.

— Drake ? criai-je avec méfiance.

*Pourvu que ce soit lui. Pourvu que ce soit lui.*

— C'est moi, cria-t-il à travers la porte.

— Et moi, intervint une deuxième voix.

— Kelley ?

Pourquoi donc l'avait-il volontairement conduite dans une situation dangereuse ? Maintenant que mes amis étaient en danger aussi, je sentis monter la pression. Luna, Merlin, les chatons, Drake, Kelley et moi... il fallait que je nous sauve tous, et vite. Virginia se matérialisait de plus en plus vite. Elle allait bientôt être capable de lancer le sort qu'elle avait prévu pour moi, puis elle allait nous éliminer un par un.

— Je l'ai croisée à cette maison, cria Drake pour expliquer la présence de Kelley. Pourquoi ne m'as-tu pas dit que c'était chez elle ? Quoi qu'il en soit, elle voulait nous aider, alors je l'ai ramenée. Maintenant, peux-tu nous laisser entrer, s'il te plaît ?

— Non, n'entrez pas ! criai-je, mais trop tard.

Virginia utilisa une petite partie de sa magie accumulée pour ouvrir la porte et tirer Kelley et Drake à l'intérieur.

Kelley trembla en apercevant la présence imposante de Virginia.

— Gracie, que se passe-t-il ?

— Waouh, souffla Drake. Pourquoi est-elle verte ?

— Elle a de la magie. Elle m'a coincée ici et j'ai

peur qu'elle vous ait piégés ég-également, bafouillai-je.

J'étais bien décidée à gagner, mais également terrifiée de ne pas en être capable. Il nous fallait mélanger la potion dans le chaudron et attirer Virginia dehors ou bien ramener le mélange à l'intérieur pour la lier. Mais comment, si personne ne pouvait traverser la barrière sans son consentement?

Virginia devait l'avoir compris également, car elle choisit ce moment précis pour partir d'un rire diabolique parfait.

— Et maintenant, tu m'en as apporté une de plus. Je vais la tuer aussi.

Kelley étouffa un sanglot, et Virginia rit davantage. Oh, elle allait payer pour ça!

Drake prit Kelley dans ses bras et fit de petits bruits pour l'apaiser.

— Je te protégerai, promit-il avant de lever les yeux vers moi. Je vous protégerai toutes les deux.

— Elle a érigé une barrière autour de la maison. Personne ne peut sortir ou entrer sauf si elle le permet. Et je ne peux pas bouger de cet endroit, expliquai-je en indiquant mes jambes inutiles.

— Oui, mais non. Je ne vais pas laisser une espèce de banshee ressemblant à une tortue ninja me dicter ce que je peux ou ne peux pas faire, déclara Drake.

Il guida Kelley vers mes bras puis repartit vers la porte d'entrée.

*Non, non, non.* La barricade était peut-être électrifiée. D'accord, elle n'avait rien fait à Merlin quand il l'avait touchée, mais Drake n'était pas doué de magie. Pouvait-il supporter le choc soudain de ce contact?

— Drake, stop! criai-je. Elle…

Il posa alors un pied dehors. En se tournant vers moi, il repoussa ses cheveux en arrière d'un coup de tête et nous fit un sourire débonnaire.

— Tu disais?

— Comment est-ce possible? hurla Virginia en tourbillonnant dans la maison.

Au même moment, Kelley s'élança de mes bras et partit à toute vitesse vers la porte. Cependant, quand elle atteignit le seuil, elle se cogna bruyamment et tomba en arrière.

— Je ne comprends pas, sanglota-t-elle. Pourquoi peut-il partir, mais pas moi?

Drake tendit la main, mais il eut beau essayer, il ne pouvait pas la faire traverser. Quand il la lâcha, Kelley s'appuya contre le mur et se roula en boule en pleurnichant.

— Comment as-tu fait ça? demandai-je à Drake.

Et pouvais-je le faire aussi, une fois détachée de cet endroit précis du sol?

Drake haussa les épaules.

— Je ne sais pas. Parfois je suis capable de faire des choses que les autres ne peuvent pas. Ou parfois je sais simplement des choses, comme ton adresse avant que tu me la dises.

— Tu m'as suivi, répliquai-je, préférant l'explication la plus logique.

Même si elle était un peu inquiétante et louche.

Il secoua la tête.

— Non, je l'ai simplement tiré de ma mémoire. Ce qui est bizarre, c'est que je ne me souviens pas d'avoir créé ce souvenir, mais il était là, prêt à être utilisé.

— Ça suffit, fulmina Virginia. Laissez-moi me recharger en paix.

— Pourquoi ferions-nous quoi que ce soit pour toi? aboyai-je. Tu vas juste nous tuer.

— Et, oh, comme il me tarde!

Elle brilla vivement alors que ses hanches fantomatiques commençaient à se matérialiser. Nous allions manquer de temps.

— Drake, porte les ingrédients que tu as récupérés au jardin jusqu'à la fontaine à oiseaux devant la maison, mélange tout ensemble, puis remets-le dans une espèce de contenant et rapporte-le à l'intérieur.

— Combien de chaque ingrédient? Je veux dire, si

je fais une recette, il y a certainement des mesures à respecter ?

Il n'avait pas tort. Mais comment pouvait-il être aussi nonchalant ? J'étais déjà au courant pour la magie et pourtant j'étais terrifiée. Kelley était allongée en position fœtale, alors que Drake parlait tranquillement de tout et n'importe quoi.

— Je... je ne sais pas, marmonnai-je.

C'est alors que Luna apparut et se présenta immédiatement à Drake.

— Bonjour, je suis un chat. J'étais une sorcière avant, mais je ne le suis plus. Malgré tout, je peux t'aider à sauver Gracie si tu veux bien me laisser te guider dans la confection de cette potion.

Drake la fixa en écarquillant les yeux.

Les sanglots de Kelley s'intensifièrent.

J'attendis, n'osant pas détourner le regard de la scène. Craignant ce qui allait suivre.

Drake poussa un long soupir tremblotant.

— Oui, d'accord, Madame chat. Allons préparer ce machin.

# 26

’était insupportable de ne pas pouvoir regarder Luna et Drake préparer la potion. Merlin s'approcha du seuil pour donner des nouvelles, mais Virginia lui claqua vite la porte au nez. Il retourna alors à la fenêtre afin que la magie qui s'échappait de moi puisse l'atteindre plus facilement.

— Gracie, as-tu un pichet ou quelque chose du genre? cria Drake en passant si facilement par la porte d'entrée que Virginia trembla et clignota de rage.

— Pas grave. J'ai trouvé, cria-t-il un instant plus tard.

Quand il passa devant moi, je vis qu'il avait pris le même pichet que j'avais utilisé comme vase pour la fleur qu'il m'avait donnée. Je me demandai s'il l'avait remarqué.

Il s'arrêta avant d'atteindre la porte, puis se tourna à nouveau pour me parler.

— Oh, la dame chatte m'a dit que j'avais besoin d'une espèce de grenouille pour finir cette potion. Sais-tu où je peux trouver ça?

Effectivement. Nous avions toujours besoin d'un objet ayant appartenu à Virginia. Même si sa petite créature de jardin avait été brisée, les éclats pouvaient encore être utilisés. C'était un soulagement.

— Dans le couloir, indiquai-je avec un coup de tête sur le côté, et il partit récupérer les ingrédients nécessaires.

Il montra un morceau de céramique brillante lors de son retour à travers le salon.

— Je l'ai.

Virginia hurla et se jeta sur lui.

J'essayai de la repousser avec mon balai, mais Drake et elle étaient hors de ma portée.

— Attention! criai-je, impuissante.

Drake leva la tête juste au moment où Virginia s'écrasait contre lui... ou plutôt, à travers lui.

— Qui es-tu? cria-t-elle d'une voix tremblante.

— Qui es-tu? rétorqua-t-il.

Puis, voyant qu'il n'était pas affecté par elle, il continua à marcher vers la porte.

Il disparut à l'extérieur et revint quelques instants plus tard avec le pichet maintenant rempli d'une potion verte et trouble.

— La dame chatte m'a dit de te donner ça, annonça-t-il en plaçant le récipient entre mes mains.

— Mais que dois-je en faire ?

Je donnai mon balai à Drake en échange.

Il n'eut pas le temps de répondre, car Virginia fondit sur nous.

Il essaya de la chasser, mais le balai qu'il tenait la traversa simplement.

L'esprit en colère me plaqua et je serais tombée sur les fesses si elle ne m'avait pas figée sur place.

Je restai droite, le pichet fermement serré dans les mains.

Virginia, d'un autre côté...

— Que se passe-t-il ? cria-t-elle alors que la couleur disparaissait de sa silhouette et tourbillonnait jusque dans le pichet.

Je regardai, émerveillée, le pichet se remplir de lumière : la magie.

Quand je levai à nouveau les yeux vers Virginia, elle était terne et grise. Elle avait également récupéré

tout son corps, jusqu'au bout de ses orteils fantomatiques.

— Tu as volé ma magie. Rends-la-moi ! siffla-t-elle
en cherchant à attraper le pichet, mais sa main passa
à travers.

Elle essaya encore et obtint le même résultat.

— Où est-elle passée ? demanda Drake en tenant
toujours le balai inutile comme une batte de base-
ball.

Je pointai le doigt devant moi.

— Elle est juste là. Ne la vois-tu pas ?

— Non, Gracie. Elle est vraiment partie.

Il laissa échapper un petit rire, comme s'il pensait
que j'essayais de le duper.

La voix de Merlin flotta vers moi à travers la
fenêtre ouverte.

— Nous n'avons pas pu nous en débarrasser entièrement, car elle n'a pas fini de régler son affaire
importante sur terre : elle veut te tuer, Gracie. Tant
qu'elle n'aura pas réussi, elle sera coincée dans notre
réalité.

— Dans ce cas, comment me débarrasser d'elle ?
demandai-je en étirant le cou pour le voir, mais il
avait disparu de la fenêtre.

— Je vais te tuer ! grogna Virginia en plongeant
vers moi, mais en restant invisible pour les autres.

— La potion que nous avons concoctée lui a retiré sa magie et l'a liée à cette maison, annonça Luna quand Merlin et elle entrèrent en courant par la chatière.

Apparemment, la barrière de Virginia était retombée lorsqu'elle avait perdu sa magie.

— Alors, elle est coincée ici ? Avec nous ? criai-je.

Notre maison était déjà largement assez pleine, d'autant plus qu'il y avait des chatons en route. Nous n'avions pas du tout besoin d'une colocataire de plus, surtout pas une colocataire dont le plus grand désir était de tous nous tuer.

— Oui, mais elle ne peut pas nous faire de mal. À nous et tous les autres, acquiesça lentement Luna.

Je devinai que cette situation ne lui plaisait pas plus qu'à moi.

— Meurs, saleté, meurs !

Virginia fondit encore sur moi, mais plus elle cherchait à attirer mon attention, plus sa voix et son image s'estompaient.

— En outre, tu n'es pas coincée. Tu peux de nouveau bouger, m'informa Merlin en poussant mon pied avec sa patte. Ne reste pas plantée là, bouge.

Je levai brusquement le pied, m'attendant à ce que ce simple mouvement soit extraordinairement difficile. Mais cela me fit perdre l'équilibre et je trébuchai contre Drake.

Il me rattrapa et m'aida à me redresser.

— Attention, camarade.

— C'est la deuxième fois que tu m'appelles comme ça, lui dis-je avec un regard curieux. Pourquoi ?

— C'est juste une façon originale de me rappeler que je vis dans la case « copain », dit-il avec un clin d'œil. Et c'est particulièrement important depuis que je sais que tu es une sorcière incroyable qui se bat régulièrement contre des esprits malveillants.

*Argh*. C'était vrai. Drake connaissait à peu près tous mes secrets, désormais. D'accord, il n'était pas au courant pour mon héritage arthurien ni du fait que j'étais un familier plutôt qu'une sorcière, mais il en savait quand même beaucoup trop.

J'espérais que les chats avaient un plan pour gérer ça, et aussi que je ne risquais pas de finir dans une horrible prison magique pour avoir révélé trop de choses à un mortel.

J'avais peut-être eu des difficultés avec ce fantôme, mais je l'avais battu. Ce n'était sans doute pas aussi facile avec des criminels magiques endurcis pendant que j'étais coincée dans une boîte dont on ne pouvait pas s'échapper.

# 27

— **B**onjour ? Puis-je sortir sans danger maintenant ? résonna une voix à travers les murs.

— Laissez-moi partir ! cria Virginia, mais ses mots étaient à peine plus qu'un chuchotement.

Ça allait au moins m'aider à l'ignorer, si nous devions vraiment vivre ensemble pendant... combien de temps ? Le reste de ma vie, supposai-je. En outre, Drake et Kelley ne pouvaient plus la voir ni l'entendre. Pas même un petit peu. Ça, c'était un soulagement.

— Est-ce toi, Harold ? criai-je.

Une main bleue traversa le mur du salon et leva le pouce. J'étais contente de voir qu'il commençait à prendre véritablement forme.

Kelley me regarda avec des yeux brillants.

— M-mon p-père ? bafouilla-t-elle. Est-il vraiment ici ?

— Allez, sors, Harold ! dis-je avec un sourire.

Ce fut si agréable de sentir les coins de ma bouche remonter que j'éclatai de rire.

Harold apparut dans le salon. Il était encore majoritairement informe, mais il avait des mains et un visage, ce qui était déjà pas mal.

Kelley se leva lentement, mais resta à l'écart du nouvel arrivant.

— Tout va bien, la rassurai-je avec un autre sourire. Il n'est pas comme l'autre. Viens.

Quand je lui fis signe, elle vint se tenir à côté de moi.

— Papa ? demanda-t-elle, ne sachant pas si l'on pouvait faire confiance à un fantôme, même si elle l'avait connu dans la vie.

— Kelley, répondit Harold de son écho mélodieux.

Elle garda les yeux écarquillés rivés sur Harold, mais s'adressa à moi.

— Qu'est-ce qui ne va pas avec lui ?

— C'est encore un nouveau fantôme, alors il n'est pas entièrement formé. Tu peux aller lui parler. Il ne te fera pas de mal.

Les joues rondes de Harold planaient devant nous.

— Tout ce que je voulais, c'est te voir une dernière fois, avoua-t-il. Te dire que je t'aime et que je suis désolé de ne pas avoir fait partie de ta vie.

Kelley laissa échapper un petit rire et essuya les larmes qui coulaient librement sur ses joues.

— Tu n'étais pas au courant pour moi. Pas avant la fin.

Je me tournai et je vis Drake regarder la scène d'un air émerveillé. Kelley et lui voyaient clairement Harold, mais ils ne pouvaient plus percevoir Virginia. Toute cette histoire de fantômes était terriblement compliquée. Je ne pensais pas pouvoir un jour apprendre toutes les règles gouvernant leur façon d'interagir avec le monde des vivants.

— J'aurais dû passer plus de temps avec toi quand je l'ai appris, mais j'avais peur de te décevoir. Je pensais que nous avions plus de temps.

Kelley étouffa un autre sanglot, mais elle souriait.

— Moi aussi. Maintenant que tu es de retour, pouvons-nous… ?

La lumière de Harold diminua et Kelley s'arrêta net.

— Non, je ne peux pas rester. Je veillerai sur toi, mais ce sera depuis l'au-delà.

— Pourquoi ne veux-tu pas rester ici avec moi ?

Si Kelley avait possédé une lumière de fantôme, elle aurait sûrement faibli aussi.

— Parce que mes affaires dans ce bas monde sont réglées, dit Harold d'un ton pragmatique, mais je voyais bien que c'était douloureux pour lui de ne pas exaucer les souhaits de sa fille.

Il avait tant changé depuis la veille au soir. Non seulement il disait des phrases complètes, mais il se souvenait des choses. Il ressentait des émotions.

— Tu sais combien je t'aime et comme j'aurais aimé que les choses soient différentes. Je t'ai revue, et j'ai transmis mon avertissement à Gracie.

— Euh, en parlant de ça, l'interrompis-je en levant l'index pour attirer l'attention de tout le monde. Virginia est désormais liée à cette maison. Elle ne peut pas nous faire de mal. Merci pour l'avertissement. Je crois que ça m'a aidé.

Harold leva ses mains déconnectées et joignit le bout de ses doigts devant son visage. Il fronça les sourcils en flottant vers le plafond et baissa les yeux vers Kelley et moi.

— Non, mon message ne concernait pas Virginia, mais quelqu'un d'autre. Quelqu'un qui vit encore, dit-il enfin en utilisant la même voix étrange que lorsqu'il avait déclamé son avertissement la première fois.

Les graines qui ont été semées porteront bientôt des fruits dangereux.

Kelley poussa un petit cri, mais de mon côté, il n'y avait pas grand-chose qui me surprenait encore.

— D'accord, peux-tu me donner des détails plus précis? Comme qui, quoi, quand, pourquoi? Ça m'aiderait beaucoup.

Harold laissa retomber ses mains et revint à notre hauteur. Son bleu était devenu pâle et bien plus transparent qu'auparavant.

— J'en ai déjà dit plus que je n'aurais dû. Les morts ne sont pas censés interagir avec les vivants. De plus, je ne m'en souviens pas assez bien.

Il se retourna vers Kelley.

— Prends soin de toi, ma chérie. Je te verrai un jour de l'autre côté. Mais pas trop vite, d'accord?

Kelley étira les doigts et toucha la main fantomatique de son père.

Il flotta un moment avant de disparaître de notre vue.

— C'était tellement cool, dit Drake depuis le canapé.

Kelley le rejoignit en chancelant.

— Je n'arrive pas à croire que c'était mon père.

— Il a l'air d'être plutôt sympa, s'enthousiasma Drake. Je retire tout le mal que j'ai pu dire de lui.

Pendant que ces deux-là se tenaient compagnie, je me faufilai dans ma chambre et je fis signe aux chats de me rejoindre. Quand nous fûmes tous les trois à l'intérieur, je refermai doucement la porte derrière nous.

— Que faisons-nous maintenant? leur chuchotai-je avec une soudaine montée de désespoir. Ils sont tous les deux au courant de la magie. Est-ce que ça signifie que je vais aller en prison?

Merlin gloussa.

— Eh bien, à ce sujet...

— Nous avons découvert une échappatoire, s'exclama Luna en ronronnant.

Je regardai un chat, puis l'autre. Ils avaient l'air extrêmement contents.

— De quoi parlez-vous? Quelle échappatoire?

— Eh bien, techniquement, c'est Virginia qui leur a révélé la magie. Pas toi, annonça Merlin avec fierté.

— Et j'ai seulement parlé à Drake quand elle avait déjà montré la véritable nature de ses pouvoirs, ajouta Luna. Ce qui signifie que tu ne seras pas punie.

J'étais si soulagée que je sentis presque le poids du fardeau émotionnel tomber de mes épaules.

— Personne ne sera puni, ajouta Luna avec un sourire de chat du Cheshire.

Je laissai échapper un long soupir. Ah, c'était si agréable.

— Merveilleux. Bien joué. Que faisons-nous maintenant?

— Gracie, nous avons un plan, promit Merlin en me faisant signe d'approcher pour qu'il explique tous les détails.

# 28

Effectivement, les chats avaient vraiment pensé à tout. Bien qu'aucun d'eux n'ait jamais possédé le pouvoir de changer les souvenirs — c'était une spécialité des sorciers des illusions — Luna fut capable de guider Merlin pour préparer une puissante potion de sommeil.

Ils la préparèrent sous forme gazeuse afin qu'elle soit bien plus facile à administrer à nos sujets. Et une fois que Drake et Kelley furent endormis, Merlin nous téléporta jusqu'à la nouvelle maison de Kelley.

Les anciens meubles de Virginia n'avaient pas encore été retirés, alors nous déposâmes nos deux Belles au bois dormant sur le canapé floral. Je fis particulièrement attention à les placer l'un contre l'autre, avec la tête de Drake sur les genoux de Kelley.

Juste au cas où cela aidait Drake à l'envisager comme une petite amie potentielle.

Notre principal espoir était qu'ils se réveillent le lendemain matin et se disent que tout ce qui avait eu lieu n'était rien de plus qu'un rêve insensé, rêve qu'ils avaient réussi à créer ensemble et dans lequel ils s'étaient déplacés tous les deux.

Moi, bien sûr, j'allais nier toute implication dans leurs aventures fantomatiques. Même si je détestais tromper mes amis, c'était vraiment pour leur protection... et leur santé mentale.

J'aurais bien aimé avoir des amis humains avec lesquels je pouvais partager mes allées et venues magiques, mais j'aurais été égoïste de les exposer à des risques sur le long terme à cause de ce savoir. Sans sorcier pour les protéger, ils étaient seuls, et donc sérieusement en péril. Du moins, c'était ce que les chats m'avaient expliqué.

Quoi qu'il en soit, Kelley et Drake étaient tous les deux bien assez occupés avec la popularité de la Maison du Café de Harold récemment améliorée.

Le lendemain de nos grandes aventures nocturnes, Kelley devait faire un autre double service avec les nouveaux employés afin de les aider pendant l'heure de pointe du matin. Drake et moi allions la rejoindre plus tard dans la matinée. Oui, elle allait certainement devoir encore augmenter le nombre d'employés, mais je faisais confiance à son intuition quant au moment d'agir.

Et quand j'arrivai au travail, je découvris que Drake était là avant moi… chose qui ne s'était littéralement encore jamais produite. Je découvris aussi qu'il tenait la main de Kelley pendant qu'elle répondait au téléphone et que l'un des nouveaux membres de l'équipe faisait fonctionner la machine à expresso.

— Bonjour ! criai-je joyeusement quand ils eurent fini de s'occuper de leur client. J'ai passé une très bonne nuit de sommeil et je suis prête pour cette journée.

D'accord, j'insistais peut-être trop lourdement sur notre ruse, mais ils ne le savaient pas. J'avais bien soigné le maquillage de mes yeux ce matin, afin qu'il n'y ait pas de cernes sur mon visage. Et maintenant j'allais être joyeuse et enjouée pendant tout le reste de mon service, même si j'avais envie de retourner au lit et de dormir.

Drake bâilla ouvertement, refusant de lâcher la main de Kelley.

— Qu'a-t-elle de si bon, cette journée ?

Je hochai la tête en direction de Kelley.

— On dirait qu'il y a quelque chose de bon. Ou en tout cas, quelque chose de différent.

Ils rougirent tous les deux et franchement, c'était adorable.

Kelley me fit signe d'approcher.

— Nous avons passé la nuit ensemble, hier. Je ne me souviens pas de sa venue, mais quand je me suis réveillée, il était là.

Elle sourit quand Drake posa un baiser sur sa joue. Ils étaient vraiment passés de zéro à soixante à l'heure en très peu de temps.

— Je ne m'en souviens pas non plus, dit-il, mais ce n'est pas inhabituel. J'oublie des choses que je devrais savoir et je sais des choses que je ne peux pas savoir.

Kelley baissa la voix et chuchota :

— Le plus étrange, cependant, c'est que nous avons tous les deux fait un rêve insensé. Le même rêve !

— Vraiment ? m'exclamai-je d'une voix aiguë en faisant de mon mieux pour imiter la surprise.

— Tu étais là aussi, fit remarquer Drake, comme s'il s'attendait à ce que je m'en souvienne. As-tu par hasard rêvé de fantômes et de chats magiques qui parlent, cette nuit ?

Je secouai la tête avec emphase.

— Non. J'ai dormi comme une pierre.

— N'est-ce pas étonnant comme les petits détails

de la vie quotidienne peuvent fusionner pour créer cette grande aventure dans le monde des rêves? demanda Kelley en secouant la tête. Par exemple, mon père était là en tant que fantôme! Et il y avait cet autre fantôme qui essayait de nous faire du mal, mais Drake a sauvé tout le monde. C'est alors que mon père est arrivé et qu'il m'a dit comme il m'aimait. Je te jure, il suffit que tu mentionnes les fantômes une fois pendant nos jeux pour briser la glace, et ça donne ça!

— Oui, et le plus fou est que nous ayons rêvé la même chose, dit Drake en plissant les yeux et en me regardant avec insistance. Exactement la même chose.

— C'est vrai que c'est dingue.

Je hochai la tête en direction de leurs mains jointes.

— On dirait que ça vous a rapprochés.

— Kelley est une fille vraiment géniale. Géniale et jolie, répondit Drake avant de lui faire de petits baisers de papillon en battant les cils.

J'étais heureuse pour eux, mais j'avais aussi l'impression que si les épices et la citrouille ne me faisaient pas vomir aujourd'hui, leur mièvrerie allait s'en charger.

— Je dois aller débriefer la fin du service avec les

nouveaux, annonça Kelley en soupirant. Je reviens bientôt.

Drake accepta un rapide baiser sur la joue et agita les doigts pour lui dire au revoir avant de la regarder marcher d'un pas léger vers son bureau.

— Alors, Kelley et toi? demandai-je en ne cherchant même pas à cacher mon bonheur concernant cette nouvelle tournure des événements.

— Je sais que ce n'était pas un rêve, me dit Drake en chuchotant d'une voix rauque. Et je sais que tu le sais aussi.

— Je ne sais pas du tout de quoi tu parles, rétorquai-je en haussant les épaules, puis je jetai mes cheveux en arrière et je partis essuyer les tables.

Pendant ce temps, je paniquai intérieurement. Comment pouvait-il s'en souvenir? Et qu'est-ce que ça allait impliquer pour tout le monde?

# 29

Je rentrai à la maison et je trouvai deux chats très heureux et un fantôme très malheureux. Merlin et Luna m'attendaient sur la table de la cuisine avec de grands sourires étalés entre leurs moustaches. Pendant ce temps, la silhouette presque invisible de Virginia volait dans la maison en maugréant des jurons tout bas.

— Comment se passe l'intégration de la nouvelle colocataire? demandai-je aux chats pendant que Virginia fonçait sur moi et me traversait. Physiquement, je ne ressentis rien, mais cela me fit quand même l'impression d'une violation.

Je frissonnai et je lui criai de ne pas recommencer.

— Sinon quoi ? demanda le fantôme si doucement que je dus tendre l'oreille pour l'entendre.

— Eh bien, tu es déjà privée de sortie, dis-je en riant. Mais laisse-moi un peu de temps, je vais trouver quelque chose.

Les deux chats se mirent à rire avec moi lorsque Virginia disparut dans une autre partie de la maison.

— Elle déteste ça, et nous adorons, répondit Merlin avec une lueur dans les yeux.

Luna semblait moins amusée, malgré son rire.

— Je me sens quand même un peu responsable.

— Tu ne peux pas contrôler la malveillance chez quelqu'un d'autre, dis-je en passant mes doigts sur son pelage blanc. Et puis, maintenant tes enfants sauront bien plus de choses sur les fantômes que toi. C'est une bonne chose, non ?

— Je suppose, dit-elle en soupirant et en s'appuyant contre ma main.

— Peu importe tout ça, dit Merlin en se levant et en étirant le dos. Nous avons une surprise pour toi.

Je levai un sourcil.

— Ah bon ?

— Par ici, si tu le veux bien.

Les deux chats sautèrent de la table et trottinèrent le long du couloir jusqu'à ma chambre. Mais ils s'arrêtèrent avant d'y entrer.

— Lève les yeux, dit Merlin avec de grands yeux impatients.

Je levai la tête et je ne vis rien… du moins, rien qui ne devait pas être là. Et la vue de ce plafond blanc ennuyeux me fit bondir de joie.

— Vous l'avez réparé ! criai-je en me baissant afin de caresser les deux chats pour les remercier. Comment ? Je croyais que vous deviez vous rendre à Nocturna et trouver quelqu'un ?

— Même si j'aimerais m'en attribuer le mérite, tout a été fait grâce à Luna, annonça fièrement Merlin. Dis-lui, Luna.

La chatte sembla gênée par sa bonne action.

— Eh bien, tu sais que je suis souvent allée dans mon jardin, dernièrement ?

— Oui.

— Je me suis dit que s'il y avait d'autres sorcières des jardins près d'ici, elles auraient des jardins bien remplis.

Elle marqua une pause et Merlin prit le relais.

— Nous avons passé toute la journée à nous téléporter dans différents quartiers de l'État, jusqu'à ce que nous trouvions ce que nous cherchions à deux villes d'ici. Un endroit qui s'appelle Beech Grove. Là-bas nous avons rencontré un humain magique, tu imagines ! Le jardin était à lui, mais il nous a présentés à un chat qu'il connaissait, un certain Monsieur Grosmatou.

— Et Monsieur Grosmatou nous a accompagnés et a réparé le toit d'un seul coup de la queue. Tu arrives à croire ça ? cria Luna.

Si je ne la connaissais pas, j'aurais dit que Grosmatou lui avait fait une sacrée impression.

Cependant, Merlin ne semblait pas du tout jaloux et j'admirai la stabilité de leur relation après des débuts houleux.

— Je n'arrive pas à croire que tu aies fait tout ça pour moi. Merci.

— Eh bien, c'était la faute de Merlin, mais maintenant il sait qu'il ne faut pas invoquer la foudre en intérieur. N'est-ce pas, mon cher ? souligna Luna en lui jetant un regard noir.

Merlin baissa la tête.

— Oui, ma chérie.

— J'apprécie que tu cherches à te faire pardonner, merci.

Je leur caressai la tête à tous les deux avant de me lever.

— Oh, ce n'est pas qu'il essaie de se faire pardonner, dit Luna d'une voix sévère qui s'adressait davantage à Merlin qu'à moi. Il fait simplement ce qu'il faut. Merlin a une autre surprise pour toi qui fait partie de ses excuses, néanmoins.

Merlin inspira profondément.

— J'ai beaucoup réfléchi à notre discussion de l'autre jour et au fait que c'est important pour toi que Luna et moi adoptions les usages humains pendant que nous vivons dans le monde humain…

Il se tut, me laissant perplexe. Que cherchait-il à dire ?

Luna le poussa avec la patte.

— Eh bien, vas-y. Inutile de lambiner.

Le Maine coon leva la tête et me regarda avec ses yeux verts brillants.

— Et donc, Luna et moi avons décidé de nous marier. Officiellement. Avant l'arrivée des chatons.

J'applaudis d'enthousiasme.

— C'est super ! Je suis tellement contente pour…

— Et c'est toi qui vas tout organiser pour nous, s'enthousiasma Luna. N'est-ce pas merveilleux ?

Mon sourire faiblit un instant.

— Euh, vous n'êtes pas obligés de faire tout ça pour moi.

Surtout si vous vous attendez à ce que je fasse tout le travail, ajoutai-je en silence. Je n'avais encore jamais organisé de mariage humain, et encore moins de mariage félin. Par où fallait-il commencer ?

— Ce n'est rien, ma chère. Nous voulons faire ça pour toi, assura Luna.

Elle ne comprenait vraiment rien.

— Merci, dis-je en cherchant à tout prix à garder une espèce de sourire plaqué sur le visage. Quand aura lieu l'heureux événement?

— Ce week-end! s'exclamèrent-ils en chœur.

*Oh, mince.*

# 30

Et voilà qu'une aventure venait de se terminer pendant que de nombreuses autres se profilaient à l'horizon. J'avais un mariage pour chats à organiser en toute hâte, une portée de chatons qui arrivaient dans moins de deux mois, une colocataire fantomatique que je devais éviter pendant le reste de mon existence mortelle, et la grande méchante était toujours en liberté.

J'étais certaine que nous allions revoir Dash, surtout après l'avertissement inquiétant de Harold au sujet de graines semées et de fruits dangereux. Malgré tout, nous ne savions toujours pas comment la trouver, ce qui voulait dire que nous allions devoir attendre qu'elle vienne à nous.

Pendant ce temps, Merlin et moi allions simplement devoir travailler à devenir aussi forts que possible pour être prêts à son retour. À cause du drain de Virginia, j'avais perdu une bonne partie de la magie que j'avais accumulée depuis que j'étais devenue le familier de Merlin. Heureusement, mon cher sorcier fut capable de me rafistoler. J'avais aussi commencé à accumuler la magie plus vite lorsque nous passions du temps ensemble.

Tout allait bien se passer. Il fallait que j'y croie, sinon j'étais certaine de devenir folle.

Cependant, ce qui m'ennuyait le plus concernant tout ce que nous avions vécu, ça n'était pas l'expérience de mort imminente aux mains d'une ennemie que je pensais être morte une bonne fois pour toutes. C'était le fait que Drake, mon collègue actuel et ancien admirateur, était maintenant au courant pour mes chats et moi... et peut-être plus.

Il avait des capacités spéciales qu'il acceptait sans sourciller. Un fantôme ne lui avait pas fait peur et n'avait pas perturbé son calme. Il l'avait traité comme tout le reste dans la vie, c'est à dire comme vaguement intéressant, mais surtout... normal.

J'avais très envie de lui demander ce qu'il était, mais je me dis que s'il le savait lui-même, il n'aurait eu aucun souci à me le dire.

En revanche, il savait ce que j'étais. Il essayait souvent de me parler des événements de cette nuit-là quand nous étions seuls au travail.

Laissez-moi vous dire que les tables chez Harold n'avaient jamais été aussi brillantes, grâce à tout le nettoyage que je faisais chaque fois que j'avais besoin d'une excuse pour l'éviter.

Pour l'instant, Drake faisait attention à me parler uniquement quand nous étions seuls, mais s'il commençait à en parler à d'autres? Allait-il être tenu pour responsable par la police magique et forcé à payer pour ses révélations?

Merlin et Luna avaient expliqué que je ne risquais rien, puisque c'était Virginia qui s'était révélée à lui, mais je me sentais quand même mal qu'il soit au courant.

J'étais prête à lui confier ma sécurité, mais mes secrets?

Aucune chance.

J'avais l'impression que j'allais bientôt devoir faire des choix très difficiles pour le protéger, lui, ma famille magique, et moi-même.

Et avec une adorable petite portée de nièces et de neveux innocents en chemin, je ne pouvais pas me permettre de faire des erreurs…

**Inutile de vous arrêter ici. Le livre suivant de cette série est désormais disponible et gratuit avec votre abonnement Kindle Unlimited. Commandez votre exemplaire dès aujourd'hui !**

# ET ENSUITE ?

Quand mon chat m'a apporté un oiseau mort en cadeau, j'ai grimacé.

Quand l'oiseau mort est soudain revenu à la vie, j'ai crié.

Au début, je me suis dit que cela pouvait arriver parfois, quand on vivait avec un chat magique. Sauf que ça a continué à se produire.

Il s'avère qu'un ennemi de notre connaissance crée une armée de créatures mort-vivantes avec pour objectif de nous faire capituler. Mais Merlin et moi, nous refusons de laisser prédominer la magie noire... d'autant plus que toute l'existence de la magie est maintenant en danger.

Et si la magie meurt, ce sera aussi le cas de tous ceux qui la pratiquent.

Oh non, mon chat ne sera PAS une victime de cette guerre horrible. Je suis prête à me frayer un chemin à travers un million de zombies pour aller éliminer le grand méchant. Rien ne viendra s'immiscer entre ce chat sorcier et son familier... et je suis prête à le prouver.

**_Merlin Tue un Zombie_ est maintenant disponible. Commandez votre exemplaire dès aujourd'hui !**

# APERÇU

## MERLIN TUE UN ZOMBIE

Salut, je m'appelle Gracie Springs. Je suis une barista d'une vingtaine d'années et je travaille pour payer mes études. Bon, j'aurais dû obtenir mon diplôme il y a plusieurs mois, mais je n'ai pas encore trouvé le temps de terminer mon mémoire.

Vous ne pouvez pas vraiment m'en vouloir pour ça, tout bien considéré. Sérieusement, essayez de travailler en tant que familier humain pour un chat magique avec au moins deux ennemis dangereux et dites-moi comment vous faites pour rester à la hauteur de vos obligations quotidiennes.

Depuis que mon Maine coon Merlin m'a révélé ses pouvoirs, j'ai subi une tentative d'assassinat après l'autre.

Quand j'ai emménagé pour la première fois dans la

petite ville géorgienne d'Elderberry Heights, il y avait juste mon petit chat normal et moi, dans la maison que m'a donnée ma grand-mère quand elle est partie prendre sa retraite dans les Keys de Floride. Mais Luna, la femme enceinte de Merlin, est venue se joindre à nous, ainsi que l'ancien familier de Luna, un fantôme assez grognon et super diabolique nommé Virginia.

Oui, on commence à être un peu à l'étroit et les chatons ne sont même pas encore nés !

Vous voulez un autre rebondissement amusant ?

Je descends du roi Arthur et mon chat sorcier possède une lignée célèbre, lui aussi. Il descend du Merlin originel.

Non, pas de l'imposteur humain que tout le monde pense connaître. Le vrai sorcier, celui qui s'avère avoir été un chat.

À cause de notre ascendance entremêlée, Merlin et moi avons un lien presque impossible à briser. Cela fait aussi de nous une cible très visible.

Notre ennemie d'origine, Dash, n'est pas apparue depuis un moment, mais nous sommes certains qu'elle se recentre et qu'elle reviendra bientôt nous embêter.

Je ne sais franchement pas ce qu'elle nous veut et j'ai presque trop peur de le découvrir.

Parce que franchement? Plus j'en apprends sur le monde magique, moins j'ai l'impression de le comprendre. Je ne peux pas lancer de sorts, mais je peux contenir la magie en moi. C'est mon rôle principal en tant que familier de Merlin, en fait : être un récipient ambulant pour son surplus magique. S'il était un sorcier normal, me lier à lui n'aurait pas tellement perturbé ma vie.

Cependant, puisque mon chat est tout sauf normal, je vis un événement presque fatal après l'autre.

Je donne peut-être l'impression de me plaindre, mais en réalité je suis contente d'aider. Quelqu'un doit bien s'occuper des méchants, après tout.

Alors, pourquoi pas moi?

Je sais, ce sera une belle épitaphe pour ma tombe…

— Hiii! Pourquoi moi? criai-je quand Merlin laissa tomber un oiseau mort à mes pieds justes au moment où j'essayais de préparer mon café matinal.

— C'est un cadeau, annonça fièrement le Maine coon poilu.

Il ne sembla pas du tout outré par ma réaction à cette offrande dégoûtante.

Je grimaçai en examinant l'oiseau inanimé à mes pieds.

— Qu'est-ce qui pourrait bien te faire croire que je veux ça ?

— Pourquoi ne le voudrais-tu pas ? rétorqua-t-il.

Il agita la pointe de sa queue, révélant le début de son irritation contre moi.

— Et comment sais-tu que tu ne l'aimes pas avant d'avoir goûté ?

Cet échange prouvait que même si nous pouvions nous parler, nous ne pouvions pas nécessairement nous supporter.

— Euh, merci, dis-je en me penchant pour examiner le « cadeau » de plus près.

J'allais devoir trouver un moyen de m'en débarrasser dès qu'il aurait le dos tourné. Seulement, Merlin semblait toujours me surveiller.

— Tu vois, ce n'était pas si difficile, insista mon chat avec un sourire satisfait sur son visage moustachu.

J'essayai de trouver quoi dire — et il me fallait plus de temps quand je n'avais pas encore bu mon café de la journée — quand l'oiseau revint à la vie.

Je poussai un cri et je trébuchai, tombant durement sur le derrière.

— Ne t'inquiète pas, Gracie ! cria Merlin en

passant à l'action. Je vais te sauver de cet ennemi emplumé!

Muette de surprise, je l'observai sauter en l'air, plonger les canines dans l'oiseau, puis atterrir sur le lino d'un seul geste fluide.

— J'aurais pu... jurer... qu'il était... mort, grommela-t-il avec l'oiseau dans sa bouche.

Puis, je fus horrifiée quand il mordit l'oiseau avec force.

Oh, ce pauvre petit rouge-gorge.

Merlin laissa à nouveau tomber l'oiseau maintenant soigneusement assassiné à mes pieds, puis il commença à se laver en léchant longuement son flanc.

Je ne savais pas quoi dire. Je ne pouvais certainement pas me forcer encore à le remercier, mais je ne pouvais pas vraiment punir mon chat parce qu'il faisait exactement ce que font les chats.

Pendant que je fixais l'oiseau, stupéfaite, il commença à revenir à la vie. D'abord, ce ne fut que la pointe d'une aile, mais ensuite un petit œil noir et rouge s'ouvrit d'un seul coup.

Je reculai jusqu'à me cogner au frigo.

— Oh non, pas question! cria Merlin en bondissant une nouvelle fois avant que sa victime puisse s'envoler.

Il mordit une fois de plus, lui rompant le cou de sorte que sa tête pende sous un angle peu naturel.

J'inspirai profondément en priant pour qu'une telle scène ne se déroule plus jamais dans ma cuisine. Avec ou sans café, j'étais maintenant entièrement réveillée… et aussi certainement traumatisée à vie.

— Est-il vraiment mort, maintenant ? chuchotai-je après une brève pause, craignant que mes paroles puissent réveiller l'oiseau de son sommeil de mort.

S'il était vraiment mort, cette fois.

Merlin et moi regardâmes tous deux le petit tas de plumes défiguré… qui se remit à bouger.

Ce n'était absolument pas la façon dont j'avais prévu de commencer la journée !

***Merlin Tue un Zombie* est maintenant disponible. Commandez votre exemplaire dès aujourd'hui !**

## À PROPOS DE MOLLY FITZ

Même si Molly Fitz, l'autrice de bestsellers sur la liste de *USA Today*, ne sait techniquement pas communiquer avec les animaux, ses trois assistants d'écriture félins et elle ont des conversations très animées en vaquant à leurs occupations.

Elle vit avec son enfant et leur propre zoo quelque part dans la nature sauvage de l'Alaska. Molly s'aventure parfois hors de chez elle pour de bons repas, du café délicieux, ou pour rencontrer de nouveaux animaux.

Apprenez-en plus sur Molly et ses livres en français, et n'oubliez pas de vous inscrire à sa newsletter sur **minoumystérieux.com.**

## LES ENQUÊTES DE LA CHUCHOTEUSE

Angie Russo vient de s'associer avec le tout premier chat détective parlant de Blueberry Bay. Avec sa bande hétéroclite d'humains et d'animaux, Octo-Chat est bien décidé à sauver la situation... tant que ça n'interfère pas avec son planning. Commencez par le tome 1, ***Minou Mystérieux***.

## MYSTÈRES MAGIQUES DE MERLIN

Gracie Springs n'est pas une sorcière… mais son chat est un sorcier. Elle doit maintenant aider à garder son secret ou risquer de passer le reste de sa vie dans une prison magique. Dommage que les problèmes semblent les suivre partout où ils vont! Commencez par le tome 1, ***Merlin affronte un familier***.

## L'AGENCE D'INTÉRIM PARANORMALE

La vie simple de Tawny Bigford prend un tour magique quand elle tombe sur le meurtre de sa propriétaire et qu'elle est recrutée par un chat noir parlant nommé Fluffikins pour prendre le rôle de la défunte en tant que Sorcière Officielle de la ville de Beech Grove, Géorgie. Commencez par le tome 1, ***Sorcière à louer***.

## COMMUNIQUEZ AVEC MOLLY

Si vous cherchez à rejoindre une communauté de doux dingues qui aiment les animaux autant qu'ils aiment les livres, alors nous allons vraiment nous entendre !

Suivez **ma page Facebook** exclusivement réservée à mon lectorat français : Facebook.com/lapilealire

Abonnez-vous à **ma newsletter** pour recevoir des cadeaux numériques, les dernières nouvelles et même des cadeaux occasionnels réservés uniquement à mes fans français : minoumystérieux.com/abonnez

www.ingramcontent.com/pod-product-compliance
Lightning Source LLC
Chambersburg PA
CBHW050329110726

47899CB00007B/2432